郭德纲

作品

湖南文艺出版社
HUNAN LITERATURE AND ART PUBLISHING HOUSE 博集天卷
CS-BOOKY 喜马拉雅FM 出品

图书在版编目（CIP）数据

煮酒 / 郭德纲著 . -- 长沙：湖南文艺出版社，2024.4

ISBN 978-7-5726-0628-1

Ⅰ . ①煮… Ⅱ . ①郭… Ⅲ . ①散文集－中国－当代 Ⅳ . ① I267

中国国家版本馆 CIP 数据核字（2023）第 177794 号

上架建议：历史·随笔

ZHUJIU
煮酒

著　　　者：郭德纲
出 版 人：陈新文
责任编辑：刘雪琳
监　　制：董晓磊
策划编辑：张婉希
特约编辑：张亚一
营销编辑：张翠超　木七七七 _
版式设计：潘雪琴
封面题字：王　烁
封面设计：尚燕平
内文排版：百朗文化
出　　版：湖南文艺出版社
　　　　　（长沙市雨花区东二环一段 508 号　邮编：410014 ）
网　　址：www.hnwy.net
印　　刷：北京中科印刷有限公司
经　　销：新华书店
开　　本：700 mm × 980 mm　1/16
字　　数：190 千字
印　　张：16
版　　次：2024 年 4 月第 1 版
印　　次：2024 年 4 月第 1 次印刷
书　　号：ISBN 978-7-5726-0628-1
定　　价：59.80 元

若有质量问题，请致电质量监督电话：010-59096394
团购电话：010-59320018

郭 餐 论

Guo Theory

目 录

一　全羊席　　　001

二　吃花论　　　011

三　穷吃论　　　021

四　吃奶论　　　031

五　死吃论　　　041

六　吃瓜论　　　051

郭 餐 论

Guo Theory

七 炒肝儿　　063

八 快吃论　　075

九 餐具论　　087

十 吨吨吨吨，酒不能停　　101

十一 剩饭论　　113

十二 吃糖论　　127

郭 𩚢 论

Guo Theory

十三　才吃论　　　　　　　　　　　　　　　141

十四　厨娘论　　　　　　　　　　　　　　　151

十五　点心论　　　　　　　　　　　　　　　165

十六　如何在《金瓶梅》里吃一顿筵席　　　177

十七　吃鳝论　　　　　　　　　　　　　　　189

十八　两个虾酱馒头引发的血案　　　　　　　199

郭 鼎 论

Guo Theory

十九　吃虾论　　　　　　　　　　　211

二十　鸡蛋论　　　　　　　　　　　221

二十一　酱货论　　　　　　　　　　231

二十二　那些年我们吃过的凉粉　　　241

一

全羊席

为什么老太后要吃全羊席，菜谱里就不能带"羊"字呢？
巧了！慈禧太后属羊！

前些天哪，我偷偷看了于老师的《人间烟火》，心说找找灵感，学习一下。书里好吃的东西太多了，看得我直犯馋。不愧是于老师！真会吃！看着书都能想象出于老师的"范儿"——左手端一杯二锅头，右手比一个兰花指，俩小胖手指头一掐，肥肠、小鱼干送到嘴边，这么一咂摸，嘿，得劲！

再往后看，于老师写到怎么吃羊肉了。我心说：你可算吃点儿整东西了。大块的羊肉下了锅，咕嘟咕嘟一炖，就着大碗的酒，"咔咔咔"一吃，"吨吨吨"一喝，嘿！痛快！我都替于老师美得慌！

但是呢，下酒菜这么吃显得豪爽，正经下饭，这可不成了。您多咱①见过这样吃饭的？下饭馆不用点菜，大师傅进来，哐当一脚先把桌

---

① 什么时候。（本书中脚注如无特别标示，均为编者注。）

子蹬开，支起大锅来，拽进一只羊，现场就给您宰。"留神啊！别回身啊！"——噗！白刀子进去红刀子出来，滋您一脸血。这不是吃饭，这是报仇哪。

咱们要说，就得说那"大菜"。

我今儿要讲的是什么呢？嘿，这玩意儿可地道了——全羊席！

所谓全羊席，就是从"压桌碟"①开始，几十道甚至上百道的菜、几十样点心，都得从羊身上来，什么羊头、什件②、上膛、前后腿……连羊眼、羊尾巴都得用上，这才叫全羊席。

您可别以为，全羊席就是凑一桌子羊肉做的菜——"炒一葱爆羊肉，炒一羊肉爆葱，再炒一盘羊肉，再炒一盘葱？"没这么简单。清朝的大才子袁枚写过一本《随园食单》，您听说过吧？单子里的这些菜，基本上都是袁家自己的厨子做的。唯独到"全羊"这儿，袁枚说了："此屠龙之技，家厨难学。一盘一碗，虽全是羊肉，而味各不同才好。"

他们家这么些个吃货，愣是不会做全羊席。所以，您也甭想着随随便便找家沙县小吃，让他们做个全羊席出来，压根儿就没戏！全羊席，那必须是大厨、大饭庄子才能做的。

内蒙古、甘肃、河南、山东这些地方，都出自己的全羊席，类型也很多。这么多全羊席，咱不可能都说，免得您听我喵喵喵这么一说，又啥都吃不着，再馋出胃溃疡来。咱今儿只说两种最有代表性的全羊席：

① 指宴会酒席上事先摆在餐桌上的小吃。
② 用作食物的鸡鸭等内脏的总称。

蒙古全羊席和清真全羊席。

蒙古人吃全羊席可有年头了。据说啊，当年成吉思汗招待长春真人丘处机，用的就是全羊席。这两人八杆子打不着，怎么就见面了呢？因为成吉思汗老了——皇上嘛，都差不多，只要一老，就想起长生不老的事儿来了，就想"求长生"。

有人就说啦："大汗，长生不老这玩意儿吧，是个手艺活儿，讲的是个传承。我给您介绍一高人，全真教的老神仙丘处机，今年都活了三百多岁啦，您把人家请来，正经问问，怎么个长生法，不比您自己这么胡折腾强啊？"

成吉思汗一听，怎么着？还真有神仙？得！快请老神仙去！

成吉思汗当时在哪儿呢？大概在今天的蒙古国境内，正在那儿打仗呢。丘处机在哪儿呢？山东莱州。可是大汗要见神仙，还管您那个？甭说您在山东，您就是在美国，不也得去吗？

当然了，历史上的丘处机，其实并不是神仙。但是丘处机确实是全真教龙门派祖师，道行很高。长生不老倒不至于，但要说到养生保健、治病行医、为人民服务什么的，那是做得很不错。丘处机为了见成吉思汗，一路上光走就走了两年。最后两人在阿富汗境内的大雪山底下见着面了。按属相，成吉思汗属马，丘处机属龙，所以这两人这见面，也叫"龙马会"。

两人一见面，成吉思汗特高兴："哎哟，老神仙来啦，快快！按最高礼节，款待老神仙！"

按最高礼节，得给客人吃什么呢？全羊席。

蒙古这全羊席，叫"诈马"。听着像一汉语名字吧？不对，这其实是蒙古语的音译。什么意思呢？凡是燎了毛的整畜，不管是牛还是羊，宰完了，热水一燎毛，再把内脏、杂碎都去掉，剩下的这个整牛、整羊的坯子，蒙古语就叫"诈马"。其中这煮全羊，汉语俗称"羊背子"，蒙古语叫"乌查"。

做乌查，要除去胸叉，整个羊连头带尾，卸七大件入锅，什么作料都不放，只搁一把盐。煮熟了，捞出来，七大件重新一摆——羊犄角去掉、四蹄剁掉，拿一大盘子，把整羊往上这么一"卧"，羊头拴上红色的哈达，就能上席了。剩下的羊血、羊心、羊肝、羊肺、羊腰子、羊舌头、羊眼，都炖了，能炖上两大碗。

吃肉的时候，也不上筷子。主人打腰里噌地拽出一把钢刀，嚓嚓嚓把羊肉往下一片。甭多，两条子肉，就能装满满登登一大盘子，像我现在这饭量，都未必吃得了。剩下的这些杂碎菜，跟自助餐似的，大伙儿咔咔一吃，再配上这马奶酒一喝。旁边，几位蒙古大哥、大姐，一起唱祝酒歌："墩布混不了伦敦，伦敦炖不了馄饨。"是吧，咱也听不懂蒙古话啊，反正气势很足。

据说成吉思汗招待丘处机，就这么吃。成吉思汗一看，神仙挺高兴啊，赶紧的吧，他就抓紧时间问："祖师，您看您什么时候得空？教教我长生之道吧。"

丘处机一捻须髯："想学长生之道啊？先等我吃完了。吃完了呢，我一会儿拿把戒尺，在你脑门上打三下，倒背着手往外一走，哎，这就成了。"成吉思汗一听："哦哦，明白，然后我今夜三更，从后门进去找您，您好传授我本事，一个本事叫筋斗云，一个本事叫七十二变，是吧？"

当然了，后面这段是我胡编的。其实全真教最讲究戒律，据说丘处机压根儿就没碰这全羊，挺好一解馋的机会，老道没抓住。唉，我都替老道后悔。而且，这也就是蒙古全羊席，要换成清真全羊席呀，老道更得后悔。

这种全羊席兴起来，是清朝的事儿。必须承认，全羊席的兴盛和满人爱吃"全席"的传统是有关系的。咱们现在去饭庄子，老说吃席吃席，吃几大碗几大件，这都是从满人那边传过来的习俗。多会儿您也没听说秦始皇他们家弄一全席，对不对？流行的各种全席里，最出名的是"满汉全席"。此外还有好多花样呢，什么全龙席、全虎席、全凤席……那位说了："全龙席是什么玩意儿啊？弄条龙给炖喽？做'鱼香龙丝'？馒头蘸着肉汤？"

那肯定不是。您吃顿饭，饭庄子难道还得给您配一哪吒，逮龙去啊？

所谓全龙席啊，其实就是水族席、海味席，什么鲤鱼啊，鳝鱼啊，鲫鱼啊，诸如此类。全虎席，其实就是全猪席，是以猪身上各部位为主要原料做成的筵席。全凤席呢，就全是禽类——百鸟朝凤嘛。

到了后来，全席这花样越做越多，索性就出了套餐。据说晚清民国的饭庄子，花样特别多。高档的，讲究开燕菜席、八珍席、鱼翅席等；

中档的，可以开鸭翅席、海参席。这都是什么意思呢？一般来说啊，这一桌席面，"领衔主演"是哪样菜，这席面就叫什么席。比如海参席，甭问，最横的菜就是海参。

低档的席也有，像鸭果席，还有丸子席。过去有那穷鬼，想拜名角学戏，请老板吃席，又没钱，就请一桌丸子席。丸子席嘛，顾名思义，最横的菜，就是丸子。老板们那么大的角色，没吃过丸子？为俩丸子，给您讲半年的戏？怎么想的啊？所以有这么一个说法，说过去人们也管这种不通情理的棒槌叫"丸子"。

说到全羊席，清代有个吃货写过一本书叫《调鼎集》，这里面，记载了不少羊肉菜。有人说这就是清朝全羊席的开头，但这话其实不对——《调鼎集》里说的，还是以扬州菜为主，用鱼做的菜最多。真正整理出全羊席的，据说是清朝后期那些饭馆里的大厨们，尤其是清真饭庄子里的师傅们，慢慢总结出来的。

当年，清真饭庄子刚推出全羊席时，是风头十足的，饭庄子号称能做大菜128道。在当时的清真饮食界，做全羊席最厉害的师傅有两位：一位是两益轩的褚连祥师傅，一位是鸿宾楼的"宋头儿"——宋绍山。

当时这全羊席可谓风靡一时，甭提多火了。晚清的大太监小德张，您知道吧？就吃过宋绍山做的全羊席。有一回，小德张来鸿宾楼吃席来了。吃席这事儿，您知道，一般都得上楼，进雅间，连吃带喝，有说有笑，没听说过谁在一楼吃席的，但是小德张不行——他这腿有毛病，半瘸，上不了楼。怎么办呢？得嘞，就跟一楼吃吧。小德张一来，看街的就得把闲人都轰出去："大人要吃席，没瞧见哪？还不知道滚！"所以，只要小德张来鸿宾楼吃全羊席，必然是他一个人包场。鸿宾楼的全羊席分好多个档次，低档次的，有 44 道菜；最高档次的，共有 128 道菜。有一本讲全羊席的菜谱，叫《全羊谱》，全文一个"羊"字都没有。为什么呢？据说是因为这桌席面得送进宫，伺候慈禧太后享用。

为什么老太后要吃全羊席，菜谱里就不能带"羊"字呢？巧了！慈禧太后属羊！

这就没辙了。给慈禧太后说菜，能这么说吗？——"老佛爷您瞅瞅，这道——油炸羊尾巴！这道——爆炒羊肝！这道！这道好吃！这菜，嘿！了不起！就是把那死羊眼挖出来炒的，您尝尝？"

您要敢这么说，她不把您的眼挖出来，就算脾气不错。

侍奉老太后吃全羊席，菜名不能有羊字，那就得另外起名。比如说，羊鼻子尖，割下来做菜，菜名不能叫羊鼻子尖，得叫"采灵芝"；羊嗓子这儿，上膛后半截这块，一层一层，跟小梯子似的，就叫"千层梯"；羊耳朵中段，可以割下来炒菜，这叫"双凤翠"；羊尾巴，切月牙片，里面加苹果或者豆沙馅，用菠菜水调脆糊，糊上，下油锅干炸，这叫什么？——"炸东篱"。

遗憾的是，全羊席到后来差不多失传了。主要是因为全羊席是富贵席面，很多菜，确实非常铺张浪费。您比如说"明开夜合"这道菜，其实就是用羊眼皮做的，这一道菜，最少得杀几十只羊取料；"开秦仓"，用的是羊这明堂骨上的两块小肉，每片只有榆树钱那么大，您想想，不杀上几十只羊，上哪儿凑这一盘菜去？

所以，到了后来，全羊席的菜谱也渐渐平民化。据说20世纪80年代，菜单子上写的，已经都是什么五香烧羊脖、奶汤烩脊髓、杏仁羊肉、扒羊肉条这一类的菜肴。功夫也都在，也是老味儿，但跟当年的全羊席没法比，据说只有二十多道菜。

改革开放后，大家有钱了嘛，老师傅们就惦记："哎，咱能不能把这全羊席恢复恢复？"这才又开始找过去的老菜单子。东北、宁夏、北京、河南，都有老师傅，想恢复这全羊席。

一直到了20世纪90年代，终于有人在北京民俗大家张次溪家里找出一份《全羊谱》，这是打光绪二十四年（1898年）传下来的，上面有76道菜，咱们刚才说的那几道菜，都在谱上。北京清真庄子的头把——鸿宾楼，就在这个基础上继承改良，继续创新，据说到了2003年，失传许久的全羊席终于恢复了。虽然我知道这事儿，但我其实也没有吃过，读者朋友，您要是讲交情，您就给鸿宾楼打一电话，说我请郭德纲吃顿全羊席。哎，我这儿辛辛苦苦写半天，就算没白写。

二

吃花论

同和堂的菊花锅子，不用鸡鸭汤，单用排骨吊高汤，端上来一看，汤特别清，得跟一锅干干净净的清水似的，哪怕上面漂了俩油花，主顾当场就得骂街。

有"纲丝"跟我说："郭大爷，您这口福够可以的呀，这得吃过多少好东西啊，见天这么写？打从《郭论》开始，我就弄了个小本，记上笔记了，到现在还没写过重样的吃食呢。"

我说："那是啊，重样了编辑也不干哪，让我给大伙儿讲讲好吃的，我这儿连写三大本，都是烤馒头片，那就不像话了。而且，跟您实说，有些吃的我也就是这么一说，尤其是古书上写的那些吃的，甭说我，就连网上那些美食主播都没吃过，您甭看他们老说自己吃过多少好东西，什么带翅膀的就差飞机没吃过，四条腿的就差板凳没吃过。可我们找的这些东西，您问他，这个怎么做啊？那个怎么吃啊？他也未见得知道。"

您就比如说，咱们今天给您说的这样食材。

什么呢？花。

有的朋友就说啦："花啊，我吃过！春天上树，掏槐树花吃，一把一把的，可那玩意儿不扛饿啊，还不如烙张饼。"

是啊，您要说打算吃饱喽，照着切糕那么吃，那您得把花跟别的东西一块儿做，炒鸡蛋、包饺子、做糊塌子①，是不是？但人家古人不是这么吃的，人家讲究吃得有意境。

真说到有意境地吃花，那还得是有意境的人。大伙儿都看过电影《末代皇帝》吧？您记不记得电影里有一个皇后婉容吃花的镜头？人家婉容是皇后，大美人的人设，是不是？婉容吃花，可以！优雅！有气质！可您换一大老爷们儿上镜试试？一个老爷们儿吭哧吭哧抱着花跟那儿啃？那是槽子里没料了。

所以说，但凡讲究吃花的，要么就是出身大富大贵家庭的，要么就是文人。过得不讲究，您想不起吃花来。比如说《红楼梦》里头就有好多地方说到"吃花"。第三十四回，贾宝玉不学好，让他爸爸一顿臭揍，大板子这顿打呀，腿上到处都是瘀青。贾宝玉倒是心挺大的，挨完打，告诉丫鬟："我想喝酸梅汤。"袭人说："哟，那哪儿成啊？"酸梅是"收敛的东西"，把这些热毒、热血啊，都激在心里了。怎么办呢？最后只好拿"糖腌的玫瑰卤子"——您听啊，这能是老百姓吃的东西吗？——倒上水化开了、调匀了，给贾宝玉吃。这么好的东西，贾宝玉还嫌"吃絮了"，这倒霉孩子还是欠收拾啊！

---

① 老北京传统面食，即西葫芦鸡蛋煎饼。

吃絮了怎么办哪？袭人跟王夫人一汇报，王夫人就叫丫鬟去拿木樨清露和玫瑰清露，给贾宝玉调水喝。一碗水里只要调上一茶匙清露，就香得不行了。这好东西是打哪儿来的呢？书上说得明白：瓶子上贴着"鹅黄笺子"，是"进上"的，也就是进贡给皇上的。结果到了第六十回，宝玉压根儿没把这点儿东西当回事儿，抬手就给丫鬟芳官了。芳官一转手，又送给了柳五儿。柳五儿再一转手，又送给她姑舅哥哥了。好嘛，皇上家的东西，一群下人，就跟吃馄饨撒胡椒面似的，人人都来点儿，您想这贾家能好得了吗？

这玫瑰清露，还真不是《红楼梦》杜撰出来的。清宫内务府有记载，曹雪芹的爷爷曹寅就曾给康熙皇上进贡过"玫瑰露八罐"。这玫瑰露到底是什么东西呢？其实就是今天的植物精油。清朝有个养生家，名叫顾仲，他写过一本书，叫《养小录》，里面就写过，除了鲜花，还有好多植物可以用来提取这个"露"。像广皮、薄荷、紫苏，都能提取出"露"来。怎么提取呢？咱们以前在《郭论》里介绍过"明末四公子"，其中有个叫方以智的人，他记录过提取方法：拿一口蒸锅，在锅盖上开个小口，插一根管子（相当于今天的冷凝器）；然后，锅里架一屉，把花瓣都放屉上蒸，就可以得到花露。整个过程，跟蒸馏酒的过程很像。不过，香露这种东西，虽然香，却不管饱。这一小碗一小碗跟花露水似的，等吃饱我都退休了。咱们还是说点儿能扛饿的。

明朝有本书叫《山堂肆考》，里面记载，唐朝的时候流行过"花朝节"，说白了，就是百花的生日。传说武则天当皇上的时候，有一回过花朝节，武则天说："得啦，这大过节的，放假也没事儿，咱们上园子里逛逛，组织组织春游吧。"

大伙儿就说："行啊，那咱走吧。"

说着大伙儿就往御花园里头走，等进到园子里一看，哎呀！百花娇艳，满园盛开呀！武则天心里挺美的："好，好，你们这儿绿化搞得不错！那红的是什么花啊？"

"啊，回皇上，那叫牡丹。"

"噢，那个哪？那粉的那个哪？叫什么呢？"

"回皇上，叫芍药。"

"噢，那个哪？那一绺一绺垂着的，那是什么呀？"

"回皇上，是狗尾巴草。"

总之吧，武则天挺高兴，吩咐宫女做百花糕："采百花，和米捣碎蒸糕，以赐从臣。"

做法其实挺简单——把百花的花瓣都采下来，跟米一块儿捣碎了，上锅蒸。如果您今天有兴致做，还可以再加点儿鲜牛奶，这就是百花糕。

但百花糕的来历还有另外一个版本。这个版本就复杂了，说武则天原先是唐太宗李世民的才人。李世民一死，他的这些嫔妃可就惨了，有子嗣的还可以勉强留在宫中，没有子嗣的一律被送去当尼姑。武则天没有子嗣，听组织分配吧，她被分到了长安的感业寺。一进门，庙里的老尼姑举着推子就过来了，给她剃一大秃瓢："得啦娘娘，打今儿个起，您算找着新工作啦。"

武则天在庙里待着，闲得直发慌，她没事儿可干哪！您想，又没微博，又没微信，关键是，还听不了郭德纲的相声。哎，把武则天给烦的。

干点儿什么呢？那就鼓捣吃的吧。她把牡丹花的花瓣和米一起蒸熟，做成饼的形状，拿起来一吃，嚯！好吃到哭！这饼，据说就是百花糕的原型。

后来唐高宗李治这个小倒霉蛋就上感业寺来啦，他爸爸活着的时候，他跟武则天俩人就成天眉来眼去，勾勾搭搭。这会儿武则天一看李治来了，就跟抓着救命稻草一般，她想让李治把自己救出去，便把自己的心愿写在纸条上，塞进花饼的馅里，递给了李治。

李治一看，心领神会："这里边准有事儿！"他拿着饼急急忙忙回宫，把手下都打发走，瞅瞅周围没人，轻轻把饼一掰。果然，有张字条在里头呢。李治急急忙忙抽出来，展开一看："扭一扭，泡一泡，跟牛奶搭配，更香！"——哈哈哈哈，这是老郭开玩笑了，这不是武则天，这是奥利奥了。

说完了皇上家，咱再说民间。民间讲究吃花的，主要就是文人。文人嘛，吃东西当然要雅致。清代有个大学者，叫朱彝尊，写过一本书叫《食宪鸿秘》。人家多会玩儿啊，硬把吃花这件事儿，弄了一个"谱"，叫"多芳谱"。

朱老先生在这谱里说，但凡要吃这些个"野芳"——野菜、野花之类的，"先办汁料"，就是先得做个调味汁，我寻思就跟咱们今天拌沙拉的调味汁意思差不多吧。再弄盆醋，里面放上"甘草末三分、白糖一钱、熟香油半盏"，搅和匀了，这个汁叫"拌菜料头"，味道酸甜。

您可以在这个基础上添东西，添什么，就变什么口味儿。比如说，添上生姜做的姜汁，或者添上芥末，这个料头的味道就是辣的。如果添上酱油、酒酿或者糟油，这个料头就是"中和之味"。料头里要是放了花椒末，或者是砂仁，那就是"开豁之味"。

调好了料头，再把外面采回来的花啊，菜啊，都洗干净，用滚水一焯，赶紧捞出来，旁边放一盆冰水，把焯好的菜和花，放冰水里一镇。再捞出来，用料头一拌，野菜的颜色还是青翠碧绿的，吃到嘴里脆、嫩，风味儿独特。不过我想，这个方法吧，还是只能用来弄那细花、细菜。您说咱弄一仙人球，那焯不焯的，也没什么用了。

"多芳谱"算得上高雅了吧？还有更雅的。想当个吃货的话，有那么几本书，您是必须得看的。一个是清朝袁枚写的《随园食单》，咱们以前提到过；还有一个，就是南宋的林洪写的《山家清供》。和人家林洪一比，今天这些个美食博主啊，吃播网红啊，就显得差点儿意思了。其实您想啊，宋朝那会儿的食材，肯定没有咱们今天餐桌上的丰富，如果单从好吃不好吃来讲，《山家清供》里记载的这些东西，不见得比今天强。可是胜就胜在人家这意境上，那真像个文化人。别的不说，打开这本书，您就看那目录——"蓝田玉""冰壶珍""锦带羹"。好家伙，您还记得《随园食单》的目录是什么样吗？"海鲜单""点心单""小菜单"，跟《山家清供》一比，就跟没见过世面似的。

您再看那食物的做法，哎呀，更雅了，看得我都自惭形秽。比如说，里面有一样"梅花汤饼"。怎么做？拿白梅花、檀香的粉末沏水和面，擀馄饨皮，每擀出一叠馄饨皮来，再拿一个铁制的梅花模子往馄饨皮上一扣，扣出梅花的形状。等馄饨煮熟了以后，在清清的鸡汤里一过，每位客人只需吃二百多个——当然，馄饨个儿很小，和真梅花的大小相仿，要跟韭菜合子似的，一个半斤多，您吃二百多个？那还不直接撑死了。

书里还有一首给馄饨写的诗呢："恍如孤山下，飞玉浮西湖。"您想想那景，不说吃，光是端着碗看，就比拉洋片①的好看！

可能有人要说了："这不就是把梅花和在面里嘛，也没真吃梅花瓣啊。"哎，真吃梅花瓣的方法人家也有啊——"蜜渍梅花"，剥白梅肉少许，用雪水把它浸泡好，再把梅花放在坛子里面，敞开盖，酝酿一宿，拿出来"蜜渍之"，也就是做成蜜饯，这个可以用来下酒。赶明儿我得给于老师推荐推荐：老是肉皮冻、花生米，也烦得慌，你来来这个！

喝多了怎么办呢？《山家清供》里还写了"荼蘼粥"，这是醒酒的好东西。荼蘼，就是荼蘼花。咱们中国古代的文人吧，都爱结交些和尚、道士什么的。林洪也有一个和尚朋友，叫蘋洲德修。这一天，林洪上庙里找和尚聊天，蘋洲德修就留他中午在庙里吃粥。一尝这粥，林洪可就忍不住了："哎哟，妙哉！妙哉！"连声问怎么做的。

这粥是怎么做的呢？先把荼蘼花的花瓣摘下来，洗净，用甘草熬的汤焯一下。那边火上还煮着粥，粥快煮开了的时候，把焯好的花瓣放下去，跟粥一块儿煮熟。搭配这粥的咸菜也有讲究，必须得采木香的嫩叶，过水焯熟，加油、盐一拌，当小咸菜吃。听着怪馋人的，哪天路过六必

---

① 一种民间杂耍。在装有凸透镜的木箱中挂着各种画片，艺人一边拉换画片，一边说唱画片内容。观众从透镜里可以看到放大的画面。

居我得问问，有这个没有。

到了晚清民国，该有的食材也都有了，该有的调料也都有了，该有的锅碗瓢盆案板炒勺，也都有了，厨子们这技术也成熟了，所以咱们国家这传统美食，到这儿，基本上也到了巅峰了。晚清民国时讲究怎么吃花呢？给我印象最深的，是唐鲁孙先生说的"菊花锅子"。唐鲁孙先生，好些小朋友可能不太了解，唐先生是满洲镶红旗人，是珍妃和瑾妃的堂侄孙，他这么一个出身，您想，在美食上的造诣能低得了吗？

唐先生的书里写到，当年著名的坤伶①刘喜奎为了保护嗓子，饮食特别清淡。当时北京人讲究冬天吃涮锅子、锅塌羊肉什么的，人家刘喜奎一概不吃，唯一肯吃的就是这菊花锅子。菊花锅子，过去要数北京报子街的同和堂做得最好。报子街、旧刑部街，这原来都在西单一带，现在早拆了，没有了。

这儿，咱们再普及一个小知识——什么叫饭庄子。一说饭庄子，必得是规模特别大的饭店，好几进②的院子，带戏台，只包办筵席，基本不卖散座，那才配叫饭庄子。像"八大楼"里的东兴楼、正阳楼什么的，虽是名声赫赫，买卖做得那么大，也不能叫饭庄子，只能叫饭馆子。

北京过去的饭庄子，名字里大都带个"堂"字，比如"天福堂""庆和堂""聚贤堂"，都是所谓"八大堂"中的翘楚。据说同和堂也是"八大堂"之一，同和堂的菊花锅子，不用鸡鸭汤，单用排骨吊高汤，端上来一看，汤特别清，得跟一锅干干净净的清水似的，哪怕上面漂了俩油

---

① 旧时称戏剧女演员。
② 房屋分成几个前后庭院的，每个庭院称为"一进"。

花，主顾当场就得骂街。那锅子配的料，必得是鳜鱼片、活虾、猪肚、腰片。同和堂用的菊花也不是一般的菊花，市面上常见的白菊花，花瓣多呈蟹爪形，花心淡绿色，味道苦涩。同和堂选的菊花，必得是花瓣花心一律纯白，花瓣笔直硬挺，像宝剑一样伸出去，不苦不涩，香气扑鼻，这才是真正的上品。就这么一锅子，卖多少钱呢？当年卖大洋一块二。在那个年代，八毛、一块，就能买一袋白面，这菊花锅子到今天合多少价钱，您自己算吧。就这，同和堂还赔着本呢，这个菜纯粹是为了应酬主顾，不赚钱。

当然了，咱们平常自己跟家吃，就别这么造了。其实咱们日常生活里也吃花，最家常的就是糖桂花。新鲜的桂花，洗净风干，拿白糖一拌，密封一段时间就可以拿出来吃了。咱们平常吃的元宵、汤圆、月饼、蜜饯、羊羹里头，都有这糖桂花。如果遇上特别好的桂花，就不用白糖，用蜂蜜、麦芽糖腌制，或者干脆做成桂花糖，也好吃，还益肺、舒肝气。

得啦，今儿咱们说得也差不多啦，就到这儿吧。不过吃花的时候，您注意点儿形象啊，别上公家树上搂去！回头罚您款，您可别跟人家说："啊，郭德纲让我搂的！"我可不负责！

三

穷吃论

甭管多大的老板，回家把那二十万的西装一脱，照样不是麻豆腐就是芥末墩，蒸俩菜团子，来点儿水疙瘩，再上俩韭菜合子。"哎哟喂，可活过来了！这一天把我给憋的！"

"郭论"系列出版后，就有朋友找我聊："郭老师，您写的这些吃的都太高端啦！不是皇上吃的，就是文人吃的。听着是不错，可是寻常老百姓谁吃得起啊？有没有那穷人吃的东西，给我们介绍一样两样的？"

成啊，今儿咱们就满足大伙儿的要求，写一篇"穷吃论"。

穷吃，就是说"穷人怎么吃"。什么人最穷啊？叫花子、要饭的，他们最穷。当然，这是说以前，不能说今天的叫花子啊，现在那叫花子，有的根本不穷，要完钱，人家站起来开上宝马就吃饭去了。

一说叫花子吃什么，大家很容易想起一样美食——金庸先生写过的"叫花鸡"。

很多人是在《射雕英雄传》里头看到这东西的。说当时黄蓉在路上弄了一只鸡，把鸡宰了，内脏都弄干净，但是毛留着不拔，拿水和了一块泥，把鸡整个裹起来，生火，再把裹了泥的鸡架在火上烤。这鸡在火上烤，打泥里往外透出来一股子甜香，等湿泥烤得完全干透了，这泥"扑簌扑簌"自己就往下掉，连带着鸡的一身鸡毛，也都跟着泥掉下来了。再往里面一看，鸡肉白白嫩嫩，香气扑鼻。

也不知怎么就那么"寸"，黄蓉这儿刚把鸡弄好，洪七公闻着味儿就跑过来了，一边跑一边还喊："撕作三份，鸡屁股给我！"

过去天津人有句老话："宁舍金山，不舍鸡尖。"鸡尖，就是这鸡屁股。现在大家都觉得鸡屁股不好，腺体多，吃了对身体不好。过去，谁也没有这个意识，都爱吃鸡尖，整个一只鸡，就这口肉最香。

叫花鸡，不只金庸小说里有，梁羽生、古龙，都写过叫花鸡。那到底有没有这种东西呢？有！真正的叫花鸡出自江南，做法跟书里写得几乎一样。把鸡加工好，拿泥、草和荷叶给包起来，搁在火里煨烤。但是这叫花鸡到底是怎么来的？这可费了劲了，有无数个版本的传说。

最不靠谱的说法，是说这叫花鸡的起源跟皇上有关。有人说，乾隆下江南，结果不小心走丢了，皇上正饿着呢，遇上个叫花子，就给他弄了个叫花鸡吃，乾隆吃得倍儿美，从此这个菜就发扬光大，流传至今。

还有种说法，说是朱元璋不小心走丢了，正饿着呢，遇上个叫花子，就给他弄了个叫花鸡吃，朱元璋吃得倍儿美，从此这个菜就发扬光大，流传至今。

反正在民间传说里，皇上出门从来都是说走丢就走丢，拿着一个框架套上谁都行。比如说，您要在美国卖这鸡，您就可以说，总统不小心走丢了，正饿着呢，遇上个叫花子，就给他弄了个叫花鸡吃，总统吃得倍儿美，从此这个菜就发扬光大，流传至今。行不行呢？也可以。

其实穷人的美食，就有这么个特点，用不着高人发明，都是老百姓自己过日子的时候慢慢琢磨出来的。

比如说：火锅。

火锅，要是严格地算起来，那就是穷人发明的快餐。《山家清供》里面说过一种美味，名叫"拨霞供"——名字好听，其实就是涮兔肉片。有人就说啦："那是文人雅趣啊，怎么是穷人发明的呢？"

这可不是我郭德纲说的啊，是林洪自己在书里写的："嗜古学而清苦者，宜此山家之趣。"您听见没有，清苦者才这么吃呢。但凡家里趁点儿钱，也犯不上吃这个。

但现如今谁不爱吃火锅呀，所以说，穷人发明的，未必不是美食。好吃就得了呗，您管它是谁发明的呢。您说，烤串到底是谁发明的？这要一直往下追究，兴许还是猿人发明的呢。

说实话，穷人真没少发明好吃的。北京的卤煮火烧、天津的煎饼馃子、东北的乱炖、上海的阳春面、兰州的拉面、西安的泡馍、武汉的热干面、广东人的糖水……有的精致一点儿，有的简单一点儿，但是哪一样拿出来都那么香甜美味！穷人嘛，自己不给自己找乐，谁还给您预备着啊？就得靠自己搞小发明、小创造。

您就比如说，现如今大伙儿都特爱吃的这个"羊蝎子"。咱们现在吃这羊蝎子，都比较讲究了，好几十种中药搁锅里，解馋的同时还能进补。天津就有好几家羊蝎子，一到饭点香气四溢，吃的时候稍不留神能把手指头咬着。北京也有，我记得北四环那边就有一家卖羊蝎子的，做得好！没进门都能闻见肉香！

羊蝎子好吃吧？可它就是典型的穷吃。这东西是怎么来的呢？是从清朝开始有的。有一回，大清朝的蒙古王爷奈曼王去打猎，王爷撒开腿追了一天的兔子，您想这得多累吧。回府的时候，王爷饿得都快晕过去了。王府的后门离厨房近，王爷就没走前门，走后门抄近路去厨房找吃的。刚一进后门，就闻到一股异香。什么玩意儿这么香？王爷来了精神，跟底下人说："快去厨房！赶紧催他们开饭！"

饭摆好了，王爷提鼻子一闻，欸？刚才那香味儿怎么没啦？急忙打发下人："去问问厨房，我刚才回来进后门，闻见什么东西怪香的，怎么这桌子上没有啊？"

厨子赶紧来解释："回王爷，晚上给您炖了羊肉，那剔下来的羊骨头喂狗可惜，我就给炖了，后门那哥几个今儿吃了一顿羊骨头，您闻见的八成是这个。"

王爷一听，那不行！好吃的得先给爷吃啊，"拿来我尝尝！"这一尝，好嘛，王爷啃上瘾了，一桌子山珍海味，撂那儿没动，净啃这羊骨头了。

打从这儿起，这羊蝎子就成美食了。

羊蝎子这种叫法，其实是后来才有的。我们小时候吃这东西，大家都管它叫羊腔骨，那会儿吃羊腔骨也不像今天似的，恨不得搁一锅酱油，那会儿都是用清汤煮，汤里面搁点儿花椒、大料、草果、小茴香之类的香料，完事儿再弄点儿盐。中午回到家，把锅往火炉子上头一搁，小火一炖，您就该干吗干吗去，该上班上班，该上学上学。等下班、下学了，一进院子，那香味儿串的——全院子的人都跟您那门口站着，提溜着鼻子跟那儿闻。谁看见您都得问您两句："回来啦？弄羊肉吃啊？"您嘴上答应着："啊，啊，可不是嘛。"心里想：得，这一锅得分出半锅去。当然，那会儿羊骨头也便宜——正经羊肉才多少钱一斤呢，是不是？而且羊腔骨吃完了，骨头还可以卖给收废品的，收废品的拿这东西去磨骨粉，据说可以给鸡当饲料，补钙。

等您进了厨房，一掀锅盖，嚯！热腾腾的香气，就跟那小火箭似的，"嗖"就蹿出来了！再往锅里一看，羊肉汤咕嘟咕嘟地直冒泡，羊肉炖得这叫一个烂，根本不用拿手撕！您还弄个塑料手套？没必要，筷子一扒拉，肉自己就从骨头上掉下来了。夹一块，往嘴里一塞，好家伙！羊油顺着牙缝子愣往嘴里钻。您就吃去吧，吃一块想两块，吃两块想三块，吃完半锅，手上连点儿油都没有。因为肉炖得够烂乎，一双筷子就能全搞定。肉都吃完了吧，这根筷子按住了骨头，那根筷子往骨头眼里一捅，颤颤巍巍的羊脊髓就出来了。现在就吃了它，也行。您要是有耐心呢，等肉都吃完了，拿这羊肉汤，下两把挂面，来个肉汤烩面，也行！把羊脊髓往里一扔，吃的时候略微蘸点儿醋，那叫一个痛快！吃完喝完，一摸肚子，抬头一看，窗户外面好几个街坊都在那儿晃悠："好嘛，一块也没给我们留啊！"

羊蝎子就够好吃的了吧，还有"筋头巴脑"①呢，不但解馋，还能凑羊拐②呢。孩子们吃完，把羊拐收拾干净，缝一个小沙包，几个小孩儿凑一块儿，抓羊拐玩儿——这都是我们小时候的玩具。

羊是一宝啊，羊身上能做出好多"穷吃"的美食来，比如说，羊杂碎。

您记住了，最早的时候，所有的牲畜，甭管是牛、羊、猪、骆驼，人们都是吃它们的肉。下水、杂碎这些东西，一开始只是穷人吃的东西，人家有钱人宰杀了牲口，把肉拿走，把下水、杂碎扔了，穷人捡起来，洗一洗，炖熟了，也是一顿饭啊！所以说凡是下水、杂碎这类东西，肯定都是穷吃。

羊杂碎汤，北方好多地方都有，陕西、内蒙、宁夏、天津、北京，都有羊杂碎汤，各有各的特色。虽然说是穷吃吧，可是您想，过去的北方，尤其是冬天，一早一晚多冷啊！穷人又没有好衣裳穿，好些人早上起来，穿一件空心棉袄就往外溜达，俩手一揣，瞅着就那么倒霉。这个时候，美食就很重要了，大清早起来，冷得直跺脚，这时候给您来一碗热气腾腾的羊杂碎汤，那种心理上的安慰，就不是一般吃食能给的。

杂碎里面，还有一种特殊的吃食——霜肠，也有人管它叫羊霜肠。当年这是穷人的美食，到现在，您就满世界找去吧，找不着了！庙会上

---

① 指带皮带筋、难嚼难炖的肉。
② 羊的关节骨。

都没有了！

霜肠是什么东西呢？就是在羊肠子里灌羊血，灌完以后，放在汤里，用小火煮，汤锅里可以再煮点儿羊脆骨、羊筋之类的东西。时间一长，肠子里面的羊血就凝固了，跟血豆腐似的。吃的时候，您打锅里把这羊肠子挑出来，切那么一段，放案板上切片，碗底放上碎羊肉，浇上一勺热汤，再搁点儿辣椒啊，芝麻碎啊，香菜啊，葱花啊，跟热烧饼一块儿吃。羊肠子比猪肠子的油都多，而且羊油是白的，吃的时候，肠子和碗边上都粘着雪白的羊油，就像结了霜似的，所以叫"霜肠"。

其实类似的小吃特别多，像现在满大街卖的爆肚，您瞅瞅，卖得多贵呀！还分肚仁、肚领……其实过去这也是"穷人乐"。过去还有那穷人，在家里吃面，不炸酱，也不打卤，端着碗面条出门，专门找那卖羊杂碎、羊霜肠、爆肚的，"哎，伙计！给扗勺汤。"

要汤也得看跟谁要，您要找人家掌柜，那不能给——你们都白上这儿扗汤来，我这买卖还做不做了？就得跟小伙计套瓷①，小伙计一看，挺穷的，得，给弄一勺吧。这位端着这碗加了汤的面，就到旁边蹲着吃去了。

提起这吃面啊，咱老百姓更能瞎凑合了。就这路"凑合面条"，我能说出十几种来，什么咸汤面、臭豆腐面、酱豆腐面、三合油面、花椒

---

① 套近乎，拉关系。

油面、香椿面、芝麻酱面、盐水面、肉汤面、烂肉面。比方说吧，三合油面——拿花椒油、酱油、食用油拌面，也有人说是用醋、酱油和香油。反正是三种油混一块儿，拌面吃，这就叫三合油面了。别瞧东西这么简单，吃的时候，这主儿还得摆摆谱，还得跟媳妇交代交代："花椒油不能直接炸，得拿菜籽油炸！再有一个，你得搁点儿酒，得提提香啊。"

媳妇听见这个气啊，没钱也就罢了，吃得还挺全乎！

"没有！家里就这个！咸了咸吃，淡了淡吃！都吃三合油了，还废话呢你！"

也是，都穷吃了，还讲究什么呢？可是平民饮食的精髓不就是"苦中作乐"吗？现如今您到海边，讲究吃什么？那肯定得吃海螺、海带子、蛏子、皮皮虾、兰花蟹这些个海鲜，这些东西这些年可老贵了，可是搁到过去，这都是渔民顺手一捞就有的东西。有人嫌弃这些东西，觉得洗来洗去太麻烦，可是要赶上那会做又会吃的主儿，这都是顶好的食材啊。就拿海带子来说吧——不是海带啊，是海带子。什么叫海带子啊？其实就是贻贝。日本人爱吃这个，撬开就敢直接生吃，海带子还动呢，咔咔咔就给切成片了，蘸上酱料就吃，换了老郭，还真来不了！

还有蛏子，蛏子跟生蚝很像，但是生蚝个头大，蛏子个头小。吃蛏子，一般得等每年七八月份，这会儿的蛏子最肥，而且是天越热，蛏子长得越好。吃的时候，先拿盐水泡俩钟头，让蛏子把沙子吐干净了，然后放水煮，熟了以后捞出来，往油锅里一扔，加上葱姜蒜爆炒，炒香以后，搁点儿辣椒或是豆瓣酱，最后放点儿水接着翻炒，炒熟出锅，甭提多美味了！您注意啊，蛏子后背跟壳连着的地方，您得拿剪子给铰一下，这样蛏子熟了也不开口，肉一直在壳里，它要是掉出来，就容易炒老了。

穷吃的东西很多，一时半会儿怕是说不完了。咱们刚才说到面条，那就不能不提北方的浆面条，这也是"穷吃"的典型。我吃过的浆面条里，洛阳的数第一。洛阳人讲究，得拿绿豆泡水，泡完以后用石磨磨出浆子来，搁瓶里密封几天，让它发酵发酸。吃的时候，放上五香粉、香油、姜末，搁上各种菜码，味道极好。

再比如说，广东的牛杂，也是穷吃。吃的是牛的内脏，什么牛肚、牛筋、牛肠、牛肺，猛一看都是些下脚料，以前也都是穷人吃的——便宜嘛。但是您现在去广东玩儿，走哪儿都能看见路边的牛杂摊，配上煮得烂烂乎乎的萝卜啊，娃娃菜啊，生菜啊，再来点儿广式的鸡蛋面，嘿！吃一口美三年！

说实在的，咱们今天说了这么多吃的，说起来都是穷人的美食，其实现在谁还分那么仔细呢，甭管多大的老板，回家把那二十万的西装一脱，照样不是麻豆腐就是芥末墩①，蒸俩菜团子，来点儿水疙瘩，再上俩韭菜合子。"哎哟喂，可活过来了！这一天把我给憋的！"

---

① 用白菜帮加芥末做的小吃。

四

吃奶论

人哪，这辈子吃过的头一样美食，就是奶！

有朋友问我："郭老师，您说，人这一辈子吃过的头一样美食，是什么？"

我问他："你觉得是什么呢？"

朋友说："那是米糊吧？糕干？汤？"

我说："都不是！人哪，这辈子吃过的头一样美食，就是奶！"

我们说相声的时候，老爱在台上瞎开玩笑。比如，说人家于老师爱吃奶，打从落地就吃，一直吃到上台前。相声嘛，当然有点儿夸张，但成年人吃奶的例子也不是没有。《御香缥缈录》里就说了，慈禧太后在很年轻的时候就开始喝人奶了。再往前，《史记》里说过，汉文帝的丞相张苍活到了一百多岁，老得嘴里都没牙了，只能天天喝人奶，这都是书里写过的。

咱们平常说的美食里头，包不包括奶啊？当然包括！在我印象中，广东的乳制品非常有名。有一年我去顺德工作——顺德是粤菜的发祥地之一，推荐您各位也去感受感受——随便找家当地的甜品店，往里一坐，就见他家的那个菜单子上，嚯！恨不得有一半都是乳制品！什么双皮奶呀，姜撞奶呀，炒鲜奶呀……应有尽有。我就纳闷啦，问当地的朋友："广东这边的乳制品这么多？我还以为到内蒙古了呢。"

人家就跟我说："郭老师您不知道，顺德盛产水牛奶，所有这些东西都是水牛奶做的。"

我这才恍然大悟："噢，这么回事儿！"

人家顺德的乳制品，做得是真棒。就比如说双皮奶吧，奶皮上面一律带着微微的褶皱，据说这样的双皮奶才是最正宗的。双皮奶，双皮奶，必须得是两层奶皮，您把牛奶烧开，煮出第一层奶皮，再把这奶皮扎穿，把里面的奶倒出来，只留奶皮在碗里。倒出来的牛奶，里头下鸡蛋清、白糖，搅和匀了，又倒回这碗里去，上锅蒸20分钟。原来那层奶皮往上一浮，跟新奶皮往一块儿一合，这就成了！那个香、滑、嫩，跟那小婴儿的脸蛋似的！

后来对粤菜了解得多了，咱才知道，这粤菜啊，太讲究了！20世纪20年代是粤菜的黄金时代，听说"食在广州"这四个字就是打那会儿留下来的。当时的广州城里，饮食业发达到什么地步呢？咱都不说菜做成什么样，就说酒楼给厨子开多少钱吧！但凡有点儿名气的厨师，一个月的工资就得一百多块现大洋！列位，那可是20世纪20年代啊！那会儿的一百多块现大洋可不是小数！鲁迅一个月也就挣三四百块大洋！这可不是今天的一百块钱！（顺便说一句，现在的一百块钱真是什么也买不了。去年我徒弟打超市回来，跟我说："师父，我连超市的门都没进去，光在门口站会儿，就花了一百块钱。"我说："买什么了呀就花一百块钱？"徒弟说："我在门口抽烟，人家罚款，罚了我一百块钱。"）

您想，给开这么高的工资，厨师手底下要是做不出好玩意儿来，老板们能答应吗？所以厨师们满世界找秘方。咱们今天随随便便就能吃份双皮奶，您不会觉得这东西如何如何。可20世纪20年代那会儿，双皮奶可不是谁都能做的，得有秘方。今天您去瞧一瞧广州的"杏花楼"，这是20世纪20年代就有的老酒楼，双皮奶、姜撞奶、山楂奶皮卷、凤凰奶糊……都还是用的当年的老做法。

除了双皮奶，"凤凰奶糊"也特别有名。拿一个鲜鸡蛋，磕到小锅里，倒进水牛奶、白糖，搅匀了之后，把小锅搁小火上煮，一边煮一边拿小勺搅和，成了以后，蛋跟奶都是胶状，又香又甜。

做这些乳制品，必须得用新鲜的水牛奶，为这点儿奶，工人每天老早就得爬起来，坐车到番禺，先把当天的水牛奶取回来。取多少奶，就做多少点心，每天就只能做这么多。水牛奶用完了，您再想吃，对不起，您明天早点儿来！

有人说了："这乳制品是好，可是咱这肠胃不行，乳糖不耐[①]，喝完奶

[①] 指摄食含乳糖的食物后，出现腹泻、呕吐、腹胀、胃肠道不适等症状。

就拉肚子。"

"乳糖不耐"也不是现在才有的事儿，古代也有。三国的时候，魏国有个人叫邯郸淳，写过一本《笑林》——说相声的都爱看这书，书里就有这么一个笑话，说一个吴国人去洛阳，"为设食者有酪苏，未知是何物也"。什么意思呢？就是说，有人请吴国这位大爷吃饭。桌上有"酪苏"——奶酪，这位大爷一看，端上来一盆什么玩意儿？黏黏糊糊，白不呲咧的，不认识。一闻这奶腥味儿，胃里的饭就要往上漾。

按常理说，都这么别扭了，咱就别吃啦。不行，吴国这大哥还好面子，"强而食之，归吐"。回来就吐了。吐完往地上一看："哎呀，这是谁的肝呀？"

古人不能轻易得病，得点儿病就没治，这人一下就不行了，眼瞅着要死，临死前把自己儿子叫过来："我真是不知道，那玩意儿有毒啊！算了，其他那些人比我吃得还多呢。有这么多人给我垫背，我也不亏了！"

所以说，"乳糖不耐"这事儿，看起来还真有年头了。有个词叫"醍醐灌顶"，您知道吧？这词是打哪儿来的呢？从佛家来的。"醍醐"是什么东西呢？就是从牛奶里提炼出来的酥油。那"灌顶"是什么意思呢？在古印度，但凡有新王登基，都要取"四海之水"装于宝瓶之内，往王的脑袋上浇，这就是"灌顶"。"醍醐灌顶"，就是一个比喻，比喻把智慧灌输给别人，让人大彻大悟。

那么说，中国历史上，真没有爱吃乳制品的人吗？也不是，北方人吃得比较多。

说起来，当初南方人跟北方人还曾经因为吃奶不吃奶的事儿，闹得挺不愉快的。

"降孙皓三分归一统"，您知道吧？三分归晋，东吴的好多官员，都成了晋朝的官了。这里面就有东吴的大学问家陆机。陆机的爷爷您肯定也听过，就是当年大败刘备的陆逊。

三分归晋，东吴这些人怎么也得去一趟洛阳吧，就好比现在的大公司把小公司吞并了，小公司这些职员，怎么着也得去拜拜码头、认认老大，是吧？可是您想，让文化人干这事儿，就有个面子问题。好嘛，我一个东吴大名士，如今让我低三下四去洛阳见皇上？心里头不老舒服的。所以好多东吴的人，就拖着不愿意去。一说去洛阳，所谓"上洛"，就找借口："我这些日子去不了，孩子得开家长会。""我可去不了，我们单位取暖费下来了。"老这么拖着。

陆机和他的弟弟陆云是当时文坛上的名人。俩人就琢磨上了：你们不是不想去吗？我们俩得去，就当给大家做个表率吧！就这么着，哥俩就去洛阳了。

俩人当时的心情特别复杂。一方面呢，有点儿自卑，陆机自己管自己叫"蕞尔①小臣"；另一方面呢，又不想在北方人面前丢面子。俩人于是先去拜访张华——晋朝有名的大名士，张华对俩人挺客气。后来又见着大贵族王济，王济就挺傲慢的。接见了陆机俩小时，都不知道陆机长什么样，可是王济这鼻孔长什么样，陆机可全知道了。王济故意让人在

---

① 形容小。

陆机面前摆了几碗羊酪——用羊奶做的奶酪，问陆机："卿江东何以敌此？"——你们江东有什么能跟这个匹敌吗？陆机张嘴就答："有千里莼羹，但未下盐豉耳！"——我们那儿千里湖产的莼菜汤，不加盐，就跟这个一样了！

从这里您就听得出来，南方和北方，在饮食上的差异那是相当大，都上升到尊严问题了。

可是咱得这么说，真好吃的东西，早晚有人吃。等到了明朝、清朝，乳制品在南方得到了普及，南方人不但爱吃奶，而且吃得比北方人还讲究。明朝末年，有个大学问家张岱，这主儿写了一本书，叫《陶庵梦忆》，全是讲怎么吃喝玩乐的。您要是钱多，又死活找不着花钱的道，您就看他的书，这位太会享受了。《陶庵梦忆》里头就写了，应该怎么吃这乳酪。

怎么吃呢？张岱说，为了吃一口上等的奶酪，他自己干脆养了一头牛。我就琢磨呀，这得亏您不爱吃熊掌，不然您还不得养头大狗熊呀。每天夜里挤这奶，挤满满当当一大盆。等到早上起来一看，结了一尺多厚的"乳花"，也就是奶里那油，都泛上来了。在这奶里，用兰雪茶的茶汁，按照每一斤奶和四瓶子汁的比例，搅和匀了，煮去吧。一定要"百沸之"——煮到牛奶沸腾。书里形容这个奶是"玉液珠胶，雪腴霜腻，吹气胜兰，沁入肺腑"。拿这样的奶做原料，就能做出很多种乳酪。

比如说，可以把"鹤觞花露"和在这奶里面，上锅蒸，做成一种跟鸡蛋羹似的东西，热着吃。还有一种呢，是拿豆粉掺在里面，做成豆腐，冷着吃。再或者呢，把这种奶煎酥，做成小饼，都特别好吃。

等到了清朝，有一本《调鼎集》，这也是著名的吃货书，这书里说过一种叫"糖卤"的食物。怎么做呢？先安一大锅，用洋糖十斤，放锅里，然后往里加点儿凉水，把它搅匀了，用微火稍微烧一滚。再拿牛奶往里"点"，就跟加水似的。一滚就加，一滚就加。一边点这牛奶，一边往外抽柴火，按今天的话说，就是调小火。火关小了，盖上锅盖，焖一顿饭的时间。打开锅盖，开大火，按照刚才点牛奶那方法，再点一遍。直到最后，锅里这糖整个跟泥似的了，再把这些糖都捞出来，把扒锅的脏东西，都擦干净了。然后再弄第二轮、第三轮。等最后，再一看这糖卤，雪白雪白的，拿干净棉布一过滤，跟霜似的，这牛奶糖卤，就做好了。

做这糖卤干吗用呢？可以拿它做各种糖果和甜点。有一种点心叫"艾芝麻"，您把这糖卤搁一小锅里，熬出丝来。把芝麻炒了以后碾成末，下到糖里面搅匀了。然后找一石板，上面先撒上厚厚一层芝麻末，把这芝麻糖卤，趁热往这石板上啪这么一泼，再撒上一层芝麻末，拿擀面杖擀开，再切块，这就叫"艾芝麻"。类似的点心还有"洒馎儿""提糖""净糖""一窝丝"等等，形式都差不多。

南方这些吃货，吃奶吃得这么精致。到了北方，满族这些贵胄本来就是游猎民族，那就更离不开奶了。当初，清军入关后，在故宫西华门外面弄了仨牛圈，叫"内三圈"，为的是给宫里供奶。由什么人、用多少头牛提供奶，朝廷都有规定。清康熙年代，皇上、皇后俩人共用乳牛

100 头，这 100 头牛，产了奶不干别的，就供这俩人吃、喝、洗澡、划船……全够了。另外太皇太后、皇太后——皇上他奶奶跟他妈，每人 24 头，皇贵妃 7 头，贵妃 6 头，妃 5 头，嫔 4 头，连贵人都有 2 头。等到了皇子这儿，皇子和他的福晋，共用 10 头，皇子的侧福晋，5 头。

清宫御膳房，每天得做大量乳制品——奶饽饽、奶酪、奶卷、奶茶等等，应有尽有。宫廷菜里，用奶做的菜也很常见。比如说，溥杰的太太就写过一本书，叫《食在宫廷》，记载了"奶汁二白"这道菜的做法。把上等的鲍鱼蒸软，去皮，再拼回原来的模样，然后把鲍鱼跟龙须菜一块儿放在一个汤盘里。把鸡油倒锅里烧热，再加入牛奶和盐，然后把这奶汤鸡油往鲍鱼和龙须菜上一倒，上笼屉，蒸到汁还剩一半的时候，就可以出锅了。至于是什么味儿，您不请我吃，您说我怎么能知道哪？

其实啊，真要想吃乳制品，也容易。您往天津去，有种小吃叫奶皮酥，味儿不错。北京有奶酪魏，内蒙古有奶豆腐、奶皮子，云南有乳扇、乳饼。好吃的东西太多了。总之吧，还是推荐大家多喝奶、多吃奶，不光落得一好身体，还显得您这人靠得住哪！那位说："不吃奶就靠不住啦？"对啊，因为该到使出"吃奶的劲"的时候，您使不出来啊！

五

死吃论

苏东坡啪把筷子一摆，冒出一句话来："也值一死！"

有人问我："郭老师，您说怎么着才能算一合格的吃货呢？"

想当吃货，您得跟于老师学习，"吃瓦片，嚼砖头，没事儿趴下啃地球"，首先做到不挑食。

说归说，闹归闹。再馋，您也别什么都吃。都说"是药三分毒"，其实食物里也危机四伏，一不留神就容易食物中毒。您就比方说，豆角。这是很平常的东西吧？豆角里就有毒，上哪儿说理去？生豆角里头含有凝集素，这个东西是有毒的，有的豆荚外皮里头还有皂苷，会对人的消化道造成强烈的刺激。所以，您吃豆角，必须先给它弄熟了，因为高温长时间烹饪可以破坏这些毒素，生吃豆角的话，很容易中毒。

再比如说，豆芽。您能想到豆芽也有毒吗？豆芽里也有皂苷，人吃完容易头晕、上吐下泻。所以，豆芽这东西，也必须弄熟了再吃。

您要是不小心吃了这些，那还只能算是"被动中毒"——本来没想中毒，一不留神中了。怎么办呢？洗胃去呗，认倒霉呗。可还有些东西，您要是吃了它，中了毒，那纯粹是"主动中毒"。偏偏有些人，明明知道这东西有毒，就是非得吃不可！您要不说这东西有毒，那还好点儿，您越说这东西有毒，他就越想吃，拦都拦不住，连尝鲜带作死，这就没办法了！

看到这里，您就得问了："什么好吃的能有这么大的吸引力？"

最典型的，就是河豚。

古人说"冒死吃河豚"，那是真没说错，吃这个，那就是豁出去不打算过了。河豚这种鱼会哼哼唧唧地叫，听着跟猪叫似的，要不怎么叫"河豚"呢？您别瞧它叫"河"豚，其实它是一种海鱼。海鱼怎么让内陆的人给逮着了呢？就因为它每年春天洄游①。您一逗它，它就呼的一下鼓成一个大圆球，俩眼一瞪，看着跟机器猫似的，还挺萌。不变圆球，还不好逮。一变圆球，正好让人抓个正着。

河豚的肝、肾、眼、血，几乎都有毒，而且是剧毒。吃河豚中毒是什么体验呢？据说一开始会感到舌头发麻——您且记住，吃完河豚，但凡感觉舌头发麻，您甭犹豫，赶紧上医院求救去。发完麻，有的人会觉得身上发冷，头晕，走起路来摇摇晃晃，有的人还会呕吐。当然，能把这些感受说出来的，那就是中毒极轻极轻的了。那些重度中毒者呢？他们已经没法告诉咱们中毒是什么体验了。

---

① 鱼类和海兽等水生动物在不同生活阶段的一种定期、定向集体迁移活动。

《本草纲目》里说："河豚有大毒……味虽珍美，修治失法，食之杀人，厚生者宜远之。"河豚体内的"河豚毒素"是一种神经性毒素，毒性比氰化钾还高一千多倍，想弄死一成年人，0.5毫克河豚毒素就足够了。真是沾着死、碰着亡。

那吃河豚中毒的人，能救回来吗？据说将橄榄、芦根、甘蔗放在一起煮，汤汁可以解毒，但效果不大。也有人说，把鸭子的血灌下去，可以解毒。元末明初时有本书，叫《辍耕录》，说"以至宝丹或橄榄及龙脑浸水皆可解"。还有一个最玄的说法，河豚洄游的时候，不正是"蒌蒿满地芦芽短"的时候吗？清朝的吴其濬就说了，这蒌蒿，就能解河豚毒。

实际上啊，这些解毒方法都不靠谱。您想，氰化钾是什么东西啊？那是剧毒！吃了氰化钾，几秒钟之内人就彻底完了。河豚这毒，比氰化钾还狠，那吃下去还能有救吗？

就这么毒的东西，也拦不住吃货。比如说，苏轼就喜欢"拼命"吃河豚。

根据《示儿编》的记载，苏东坡是在被贬到常州的时候吃的河豚。咱不止一次说过，苏东坡这人，这辈子干的最熟练的事儿，就是被贬。被贬到哪儿，他就吃到哪儿，把各地的美食吃了个遍。苏东坡被贬到常州时，结识了一位当地的朋友，这人做河豚做得特好，而且老惦记着把苏东坡请来吃一回，让人家给留首诗什么的。苏东坡一听说有吃的，二话没说就来了，进门就开吃。苏东坡一个人在前边吃，朋友一家子人跟做贼似的，躲在屏风后边听。就听苏东坡在前边"嗷嗷嗷"地吃，头都不抬。这一家子人心说：苏大学士怎么这样啊？吃相这么不雅？大伙儿都盯着当爹的看，意思是：你是不是请错了？在大街上随便看见一大长脸、留一大胡子的人，就给拉回来啦？

一家人正纳闷呢，就听前边苏东坡啪把筷子一撂，冒出一句话来："也值一死！"

苏东坡肯定是爱吃河豚的，有诗为证："竹外桃花三两枝，春江水暖鸭先知。蒌蒿满地芦芽短，正是河豚欲上时。"

关于这事儿，同时代张耒写的《明道杂志》中也提到过，但是跟《示儿编》说得不一样。张耒是"苏门四学士"之一，跟苏东坡的关系比较铁，所以他说的话可信度更高一些。

张耒在这本书里说，苏东坡是在扬州吃的河豚，不是在常州，而且是"每日食之"，天天都吃河豚。书中记载，苏东坡当时经常跟人吹牛，说河豚怎么怎么好吃，"据其味，真是消得一死！"

张耒就怀疑了：常在河边走，哪儿有不湿鞋的？河豚有剧毒，你苏东坡怎么就那么神，见天吃，都不死呢？别是吃的假河豚吧？

怎么回事儿呢？他自己就吃过假河豚——在一个宴会上吃的。张耒以为是河豚，人家也是按河豚给上的，但其实是什么鱼呢？江鲴。味道也特别好。当时张耒还说呢："哎呀，这回可好了，我也是吃过河豚的人了。"他旁边一个官妓听见了，撇撇嘴，哼了一声。

张耒一听，口风不对啊，"别哼哼呀，有话就说，怎么回事儿？"

小姑娘笑了："您吃的这个呀，不是河豚。真河豚跟这个很像，但是味儿比这可强多了。"

张耒在这儿露过一大怯，所以他怀疑苏东坡吃的是假河豚，也有道理。

总之，宋朝那会儿是没热搜，要不然，"河豚"俩字得见天挂热搜榜上。当时，以苏东坡为首的一帮人，组了一个美食团，提倡天天吃河豚，这叫"嗜食论"。而梅尧臣、范成大这些人，另组了一团，提倡"拒食论"——珍惜生命，远离河豚。

梅尧臣专门写了一首诗叫《范饶州坐中客语食河豚鱼》，表明自己反对吃河豚的态度。范成大也写了一首诗明志，诗名叫《河豚叹》，"浓睡唤不应，已落新鬼录"——全身麻痹得跟睡着了似的，怎么推搡都不醒，再一探鼻息，嚯！没气啦！

说了半天，这河豚怎么吃呢？其实烹调方法倒在其次，关键看怎么收拾。据说，做河豚的流程非比寻常，收拾河豚的钱，比烹饪河豚的钱还多。收拾河豚，得有祖传的手艺。您要不是祖传的，甭管您手多巧，都没用，您不会这里边的道。

至于烹调方法，那就多了去了，有红烧、白汁，还能做河豚肉馅的饺子。

比如说白汁河豚。把河豚收拾干净了以后，炒锅放火上烧热，放油，然后加入葱、姜煸香，再把河豚、鲜笋片、火腿片、虾子放进去，最后下高汤。这汤是用河蚌、蟹黄油、母鸡、五花肉吊出来的，大火烧开以后，放黄酒，再来点儿盐。端上来以后，整个汤都是奶白色的。河豚肉好吃，河豚汤比河豚肉还好吃。

吃河豚容易中毒，但至少人家河豚长得还比较萌。可是有的人爱吃的那毒物啊，长得也特恐怖，这就真不知道是图什么了。

比如说什么呢？蛇。

蛇能入药，能入酒，能入菜。一朋友跟我说，拿蛇泡酒喝，能活血、驱风、除痰、祛湿，据说还是治风湿性关节炎的灵丹妙药。可是泡蛇酒那个过程，哎哟，听着都硌硬。

过去我以为，这蛇都泡酒里了，肯定已经死了，对不对？结果人家跟我说："不是，蛇是活的，搁到酒里头泡仨月了，那蛇其实还活着呢！"我说："妈呀，你们真够可以的，这东西你们也敢喝？"好嘛，这儿一倒酒，瓶子里头那蛇的俩眼珠子还瞪着您？冲您直吐芯子？这也太惊悚了。人家不在乎，还告诉我："越是有毒的蛇，越得拿高度酒泡。比如说银环蛇，就必须得拿52度的白酒泡，那蛇还在罐子里头往外顶哪……"我赶紧说："得得得，求你别说了。你就告诉我，这是你自己干的啊，还是别人干的？"他说别人干的。我说："好！我相信你，但是你别再说了，再说我亲手举报你们，这不是虐待动物吗？"

有人敢拿蛇泡酒，甭问，那就准有人敢吃蛇！不但敢吃蛇，还有敢开"全龙宴"的。咱们这里说的这个全龙宴，其实就是全蛇宴。这宴上，除了有"龙凤汤"——拿蛇跟鸡做的汤，还有"炒龙排"——炒蛇肉，

"炒龙蛋"——炒蛇蛋,"蛇羹"——拿蛇肉丝、鸡肉丝和冬菇、鲜笋丝做的。这全龙宴连作料用的都是蛇酱,喝的酒都是蛇酒。就有朋友问了:"这都是些什么蛇呢?"您别说,草窠里弄条菜花蛇,人家还不爱吃呢。最好用一些剧毒的毒蛇,什么眼镜蛇、金环蛇啊,满满当当弄一桌子往这儿一摆,说实话,先别说味道怎么样,敢下筷子夹,胆子就不小!

同理,还有爱吃蜈蚣的。我一说这个,好多人肯定能想起金庸先生写的《神雕侠侣》——洪七公就爱吃蜈蚣。书里说洪七公在华山上藏了一只大公鸡,把四下的蜈蚣都招来了。又弄来一锅雪水,煮开了,把蜈蚣扔锅里烫死,蜈蚣临死前一挣扎,把毒液全排出来了,然后再拿蜈蚣下油锅里炸,炸得微黄喷香。最可气的是什么呢?洪七公还要激一激杨过,说杨过把眼一闭,也不嚼,咔咔咔吞十几条,这叫无赖撒泼,不是英雄好汉的行为。

那什么叫英雄好汉呢?那得把这蜈蚣当油焖大虾似的,咂摸着细细地嚼碎了,再咽下去,那才叫英雄好汉。

还真有人尝试过油炸蜈蚣,结果发现,直接炸不行,蜈蚣身上没什么肉,就一个空壳。广东人确实有吃蜈蚣的,叫吃"百足",但蜈蚣的内脏特别多,所以说像书里写的那样,一挤就是一条子肉,那是不可能的。得拿小刀割,才能取出里面的肉。

还有一种毒物,更有名,好多人经常误食,那就是毒蘑菇。

蘑菇当然是好东西啊，又鲜美又有营养，要不"采蘑菇的小姑娘"就爱采它呢。但是要采着毒蘑菇，那可太倒霉了。之前我们说相声，也拿这毒蘑菇抓过哏。

怎么看蘑菇有没有毒呢？

毒蘑菇是相当难鉴定的。您千万别听人跟您介绍什么土方法。最保险的办法，就是不认识的蘑菇，一概不采。您可能不知道，明朝有一人，叫田汝成，他写了一本书，叫《西湖游览志馀》，里面讲了一个毒蘑菇的故事，这毒蘑菇可了不得，差点儿毒死一皇上！

书里说，宋朝的时候，杭州灵隐寺——济公出家的那个寺庙，寺庙后面长了一大蘑菇，大有二尺，有红似白的，太好看了。老和尚一看，这是祥瑞吧？这么好的东西，我们和尚哪儿配吃啊？得送给贵人。于是就把它采下来，献给了杨郡王。

王爷一看，哎呀！好东西！也不敢吃。得啦，给皇上送去吧！

当时的皇上是谁呀？宋孝宗，就是宋高宗赵构的义子。怎么那么寸，幸亏宋孝宗（也就是赵昚）这人生活比较朴素，也没有吃蘑菇。"得啦，这么好的东西，赐给灵隐寺得了。"这蘑菇折腾一圈，又回灵隐寺了。这一回来，蘑菇的身份就不一般了，成了御赐大蘑菇了，灵隐寺的人还得找个盘子给它供上。日子一长，蘑菇就开始烂，正好，有俩狗经过，爬到供桌上，一舔这蘑菇，当时就发狂而死。好家伙，老和尚吓得半死，"苟入天厨，必遭诛戮"，这要真让皇上留下给吃了，咱们一寺庙的人都甭活了！

其实啊，不知道您发现没有，一旦出了"六畜"这个圈，其他肉类食物都不怎么安全。比如说鱼翅，有钱人都爱吃，摆阔嘛。但其实鱼翅，尤其是勾翅——鲨鱼的尾巴，含有大量的汞，也就是水银。不但有毒，而且一旦吃进去，排都排不出来。非得有一天，让您患上老年痴呆不可。您想，就为吃口鱼翅，给自己找了一身病，人家鲨鱼也让人割了鱼翅，游都游不了，死得那么惨，何苦呢。

所以说，对这些有毒的美食，我态度很明确——最好别吃。咱们日常生活里能吃的东西已经很多了，为口吃的，把命搭上，还杀生造孽，忒不值了。况且别人背地里还得"嚼"您哪。

"哟，这人怎么死的呀？"

"嗐，吃果子狸来着，这不死了吗？"

"哟，那不是个大傻子吗？该！"

六

吃瓜论

今天我们就来好好聊聊关于西瓜的事儿。

最近入伏，天气是一天比一天热。天一热，就总想凉快凉快，怎么凉快呢？年轻人有句话："枯藤老树昏鸦，空调 Wi-Fi 西瓜。"后面这三样可是消暑的宝贝，咱们谁也离不开。

说到吃西瓜，好多朋友都颇有心得，榨汁的也有，冻冰棍的也有。但要说最有创造性的吃瓜人群，那必定是食堂大妈，她们研发了不少新鲜菜式，堪称一手打造了中国第九大菜系。就拿西瓜来说吧，食堂大妈能做西瓜炒土豆、西瓜炒肉、西瓜鸡排……有朋友说了："至少西瓜炒肉还是一道正常的菜。"各位，别人家做西瓜炒肉，用的是西瓜皮，食堂拿西瓜的红瓤炒菜，那怎么吃？！算了，喝口汤吧，转头一看，想死的心都有了——红瓤西瓜炖牛肉！

只有您想不到，没有食堂大妈做不到的。读者朋友看到这儿就得说了："这些奇葩菜品都是后厨做的，关食堂大妈什么事儿？"这您各位就不了解了，老板节省成本，站窗口负责打饭打菜的大妈一般都得先下厨，那都是跟后厨忙完了才过来的。

其实，不光中国食堂大妈拿西瓜开刀，外国人也爱折腾西瓜。他们折腾出了什么呢？西瓜伏特加！

西瓜伏特加可不是用西瓜酿造伏特加。它是在西瓜上开几个洞，把伏特加的瓶口插在西瓜上，头一天插好，搁冰箱里，等到第二天，酒都渗到西瓜里边去了，再把西瓜拿出来切开吃。别看这玩意儿香香甜甜的，可不能多吃。那天我有个哥们儿多吃了两块，出门抱着垃圾桶不撒手，一个劲地跟我们说："都回去吧，我到了。"

今天我们就来好好聊聊关于西瓜的事儿。

有朋友说："郭老师，我知道，西瓜是打西边传来的。"这话也对也不对。怎么说呢？西瓜确实是从西域传进中国的。但是，西域并不是西瓜的原产地，人家的祖籍在古埃及。古埃及的法老死后，都爱在金字塔里边放西瓜，这个爱好倒是跟咱们中国人差不多，都喜欢在坟里放点儿东西。

那古埃及的西瓜是什么时候传到中国的呢？有朋友说："是五代十国的时候传进来的。因为《新五代史·四夷附录》里边说过，五代时期，西瓜从西域传到了中国。"

又有朋友纳闷了："如果五代十国的时候中国才有西瓜，那我看电影《妖猫传》的时候，怎么还看见西瓜了呢？电影说的是唐朝的事儿啊，那会儿中国就有西瓜了？"

这就很有意思了！我们来细细研究一番。

明朝时，李时珍在《本草纲目》里记载，西瓜又名寒瓜。南朝时期，有个名气很大的道人，名叫陶弘景，此人精通医术，也曾在自己的著作里边写过"永嘉有寒瓜甚大"。

在陶弘景生活的那个年代，有一个大孝子，名叫滕昙恭，书上说，滕昙恭五岁那年，他的母亲杨氏患了热病，就在家里念叨："哎哟，活不了了，我要吃寒瓜。"

中国人有个传统——要面子。别看滕昙恭才五岁，看着杨氏在家闹，滕昙恭闷着脑袋一想：我是孝子啊，为了这个名声，我也得给我妈把瓜找来。于是一拍胸脯："我去给你找。"

您想，大热的天，一个五岁的孩子，还没桌子高，在大街上一路走一路问："你们家有寒瓜吗？你们家有寒瓜吗？"这谁能给呢？小孩儿拦着您跟您要个糖，要个花，都还可以理解。糖又不贵重，花一两个铜子，就当起个善心。谁家孩子一来就管人要瓜呢？还是那么稀罕的寒瓜？跟遇上劫道的差不多了。

滕昙恭找来找去，路人都说没有。滕昙恭心说：回去跟母亲说没有，我的脸上可挂不住，大孝子的名声要丢了。滕昙恭越想越难过，一边往回走，一边哭。

他这儿正哭着呢，有个僧人看见了，就问他："孩子，你哭什么呀？"

滕昙恭就把这件事儿跟僧人说了。僧人一听，说："不要紧的，我有两个，分你一个吧。"

就这么着，滕昙恭抱着寒瓜回去了。家里人一看他真拿回瓜来了，哎哟，不得了，连忙问他瓜是哪儿来的。滕昙恭说是僧人给的。其他人听了就一窝蜂地出去找这个僧人。虽然没找到，但滕昙恭的孝子名声算是传开了。

后来我一琢磨，这杨氏搞不好是个后妈。您见过哪个亲妈，让五岁的孩子大热天满大街找瓜去?! 五岁啊，幼儿园都没毕业！别说寒瓜不是本土的东西，特别少见，现在西瓜这么多，谁家买了西瓜也是大人拿着，哪儿有让孩子拿的道理？

这个故事是关于寒瓜的比较早期的记载，但也有一种说法，说"寒瓜"其实是"秋瓜"的别名，也就是现在咱们吃的黄瓜、丝瓜、南瓜。

对于这个说法，我有一些不服气。南朝有个大诗人，姓沈，叫沈约，他有一首诗，叫《行园》。上来第一句是："寒瓜方卧垄，秋菰亦满陂。"咱们从这里就可以看出，寒瓜绝对不是黄瓜，黄瓜是挂在架子上的，要老躺地上，早就坏了。除了黄瓜，丝瓜也是挂在架子上的。躺在地上的瓜，不是西瓜，多半就是南瓜。而南瓜直到明朝才传入中国。所以《行园》里这个躺在地上的瓜，很有可能就是西瓜。

另外，过去那会儿，北京人习惯管先上市的西瓜叫"水瓜"，管后上市的西瓜叫"寒瓜"。这种说法，在老一辈的北京人那里很常见，这也说明，"寒瓜"很有可能就是西瓜。

后来，分别在1976年和1980年，考古学家在广西贵县的西汉墓和江苏扬州的汉墓陪葬品里边都发现了西瓜籽。这也说明汉朝时西瓜就已经传入了中国。而且您想，连汉朝的皇室、王公大臣都要拿西瓜当陪葬品，足以看出他们有多爱吃西瓜。所以说《妖猫传》并没有乱拍，唐朝的中国是有西瓜的。

说到这里，您兴许还想起《妖猫传》里头，有个人把西瓜籽埋进土里，不一会儿就种出满架子的西瓜的镜头。这个故事，来自《搜神记》。书中说三国时期，有一个人叫徐光，这个徐光是干吗的？他是一个幻术师，靠在市集卖艺为生。您也可以把他当成过去天桥底下拿粉笔画圈演戏法的。

有一天徐光去天桥底下卖艺去了，他一会儿变个兔子，一会儿变朵花，这些手艺他天天练，瞧多了也就不新鲜了。表演了一整天，也没得着几个赏钱，徐光累得够呛，回家后连饭也没吃就睡了。

凌晨三点多钟，徐光饿醒了，头天晚上啥都没吃啊，饿得是前胸贴后背，走一步都眼冒金星。徐光没办法，走到水缸前拿瓢挖了点儿水，咕咚咕咚一气喝下去。等熬到天亮，他晃着出了门，喝了碗豆汁儿。就有朋友得说了："干吗喝这玩意儿？"嗐，您管得着管不着，我就喜欢这个！

咱们说回徐光，喝豆汁儿不顶饿，他又死乞白赖跟人家卖豆汁儿的蹭了个焦圈儿吃，可算有点儿力气了。到了天桥底下，人也不多，徐光就自个儿画个圈，不管有人没人，先吸引一下顾客。

徐光要了两套，跟前就俩半大孩子，拿着串糖葫芦看。徐光忙活了半天，累了一身汗，早上喝的那碗豆汁儿早下去了，肚子饿得直叫唤，跟前又没人。

这怎么办呢？再没人来，可就真的要饿死了。

也是徐光命不该绝，抬眼一看，欸，那边有个卖瓜的！

徐光一拍脑门，有了！他心里说：大家都是在天桥底下混饭吃的，我去管他要个瓜，吃饱了，有了力气挣钱，我再还给他。

徐光就走到这卖瓜的摊子面前，卖瓜的没搭理他。干吗不搭理他？天天在天桥底下卖瓜，徐光生意不好，到处蹭吃蹭喝，他都瞧着呢。这会儿跑瓜摊前来晃，谁知道憋了什么坏。

徐光一看，这卖瓜的怎么不搭理我啊？又咳嗽两声，卖瓜的也不说话，就那么看着他，意思是：你就转悠吧，我倒要看看你今天要玩儿什么花样。

徐光实在憋不住，开口了："这个这个这个……"

"这个"了半天，都没说完下半句。为什么呀？他也知道要脸哪，想让卖瓜的先开口。

徐光在瓜摊跟前晃的时候，手里还举着一个幡儿，人晃，幡儿也跟着晃。卖瓜的看得眼晕，最后实在是憋不住了，就问他了："哪个啊？"

卖瓜的一搭茬儿，徐光心里就乐了：有戏！

徐光就说："哎呀，见天在天桥底下碰见您，也没跟您打过招呼，实在是有点儿过意不去。"

卖瓜的知道他打的什么主意，就含含糊糊地应了一声："嗯。"

徐光见卖瓜的回应自己了，就赶紧跟人家套近乎，把自己的来意说了。卖瓜的一听就不干了，开玩笑，徐光赊账就跟刘备借荆州差不多，只见赊，不见还的。卖瓜的嘴也损，不光摇着脑袋说不借，末了还顺嘴奚落了徐光两句："干点儿什么玩意儿不行，非得玩儿这种空手套白狼的事儿？"

卖瓜的是个粗人，嗓门又大，这么一嚷嚷，边上的人都听见了。中国人好凑热闹。一听卖瓜的嚷嚷，人都围过来了。

这人一过来，徐光脸上就更挂不住了，大家都来看他笑话，他以后还怎么在天桥底下混？

徐光也气了，卖瓜的拧着眉瞪着眼，活像自己已经拿了他的瓜一样。看热闹的就更不像话了，说什么的都有。

周围人一看俩人这样，都起哄，有人就闹着让徐光给卖瓜的露一手。有些时候，人家帮您说话，不一定就是真帮您。让徐光露一手的人，也不是真替徐光不平，就是看热闹不嫌事儿大，拿别人寻开心。偏赶上徐光也想争个面子，一看有人让他露一手，就应下来了。

应下来是应下来了，他心里头还憋着一口气呢。徐光就跟这个卖瓜的说："一个瓜你都舍不得赊，我自己种瓜，行吧？可我也不能无中生有，这样吧，你送我一颗西瓜籽，你看怎么样？"

周围人一听，徐光今天是打算表演点儿新鲜的，赶紧跟着起哄架秧子。卖瓜的心想：不就一颗西瓜籽嘛，给你又怎么样？就拿了一颗西瓜籽给徐光。

徐光接过西瓜籽，当街挖个土坑，把西瓜籽给埋了，一边埋，一边嘴里还得念："一二三，二二三，跟师学艺在茅山。"（爱听相声的朋友一听这个就得乐，干吗念这个？嗐，您管他念什么，反正总得念点儿什么呗。）徐光嘴里这一套念完，就看见瓜苗从土里钻出来了，瓜藤飞速蔓延，很快开出一朵朵的小花，结了小西瓜。

大伙儿一瞧：嚯！厉害啊，徐光有两把刷子！这瓜能吃吗？

徐光摘下一个瓜，自己先吃得美滋滋的，周围人看了也馋，也闹着要尝尝。徐光就把瓜一个个摘下来，给这帮人一起吃。

不消一会儿工夫，所有的瓜都被摘下来，大家分着吃完了。周围的人也觉得徐光真是有本事，不少人还赏了他钱。

徐光吃完瓜，也带着赏钱走了。人群散去，卖瓜的才慢慢走回自己摊子上，刚一回去就傻了："我的瓜呢?!"

有那好研究的朋友，他就得问了："这个幻术是不是魔术啊？魔术师想把东西变出来，需要找个托儿配合。这个卖瓜的是不是徐光的托儿？"

我觉得吧，在众目睽睽之下表演这样的魔术，那得算是个大型表演了。而魔术都是有破绽的，需要演出者眼疾手快，才能骗过观众的眼睛。可是市集上这么多人盯着，徐光是怎么做到的呢？

也有人说，这其实不是幻术，也不是魔术，而是催眠术。在场的人都被徐光催眠了，产生了幻觉。但幻觉中的人是真的，瓜也是真的，瓜摊上的瓜被人吃光了，这也是真的。

要照这么说，我觉得徐光还算得上一个比较正直的人。您想啊，徐光如果真会催眠术，他走在大街上看见您，对着您一挥手："卡里有多少钱？支付密码是多少？"您还不得一五一十告诉人家？从这一点来说，我觉得徐光这个人至少是个正直的人。

当然，这只是我们的猜想。电影里边那位街头艺人说了一句话："你以为瓜能凭空变出来吗？幻术里也有真相。"这里边到底是怎么一回事儿，老郭也不清楚，咱要是会那个手艺，也不至于说这么多年相声。

看到这里，有些朋友估计就有想法了："欸，郭老师，这个手艺是失传了吗？"那我上哪儿知道去？我就会吃瓜。要是跟我聊聊吃西瓜的方法，我还是很有经验的。

现在吃西瓜，大家都喜欢把瓜搁冰箱里面，冰镇一下再吃。有些朋友说，这是为了保鲜。还有些朋友说，冰箱里的西瓜吃起来凉快。都对，但是，冰镇西瓜可不是现在人的专利，过去的人也想办法把西瓜凉透了再吃。为什么？科学的解释是西瓜在低温状态下，甜度会提高，吃起来更美味。

现在有冰箱，那过去的人想吃点儿凉西瓜该怎么办呢？

有两种做法。第一种只有富贵人家能做到，那时候有钱人家都有冰鉴，那是一种类似冰箱的东西，把西瓜搁在冰鉴里面冰镇，这就有点儿像吃刺身似的。

还有一种是大家都可以做到的，把西瓜放桶里，吊在水井里搁一晚上。夏天水井里温度低，第二天捞起来，西瓜冰冰凉凉，别提多美味了。

现如今农业发达了，西瓜也多了，吃瓜的方法也是多种多样。北京有道菜，凉拌西瓜皮，将西瓜皮腌制后，再拌上作料，吃起来鲜香脆嫩。《舌尖上的中国》有一期讲了怎么制作西瓜酱，这是北方地区很普遍的一味酱料，很下饭。夜里饿了，煮碗面，扛一勺西瓜酱，纯正的酱香味儿带着微甜，吃起来香甜可口。您要不想煮面，拿个馒头或是窝头，就着一小碟西瓜酱，越吃越香。

七

炒肝儿

您这头端着碗，滋溜滋溜喝着香，厨师那头一边忙活，一边拎着耳朵一听，这位爷喜欢我做的炒肝儿！干起活儿来，也就更卖力了。

今儿给大家讲讲早点。

先说一笑话。

话说前些年北京闹雾霾的时候，有一人，上街走了半天，没瞧见一个卖早点的。走着走着，就瞧见雾里有张八仙桌，桌上有个竹筒，筒里放了不少竹签。这哥们儿上去拿起竹筒一顿摇："哥们儿，给我算一卦，哪儿有早点？"

就听见雾里有人说话了："你把筷子筒给我撂下！"

当然了，这就是个笑话，逗您一乐。如今的年轻人吃早点，主要吃面包、三明治什么的；中年人呢，爱吃油条、煎饼、小笼包子；我呢，还是喜欢喝点儿炒肝儿。

好多朋友一听到炒肝儿，就说："哎呀，你这个是黑暗料理。"

谁告诉你们炒肝儿是黑暗料理的？英国人还说松花蛋是黑暗料理呢，

咱们不也吃得挺香的吗？炒肝儿是北京的一种小吃，外地没有，我特别喜欢。

有一回吃早餐的时候，我眼瞅着有人对着桌上的炒肝儿嚷嚷："老板，来个勺子。"

老板忙着招呼客人，也没顾得上，那人又扯着嗓子喊了一声。这一喊，后厨出来一人，这人掂着锅铲，围着围裙，头上戴着白帽子，一看就是厨师。但我瞅着厨师这脸可不太面善，我就把凳子往后挪了挪。

干吗挪凳子？我怕他们打起来。我坐他边上，要是伤着了，我多吃亏啊。好在这厨师也没多说话，打后边搬出来一个牌子，牌子上印了一行字："正经传统——喝炒肝儿不用勺子。"

完事儿以后，厨师又进去忙乎了，店里人多啊，他哪儿有空跟客人在这里白话勺子的事儿呢？他走了，那哥们儿就撂那儿了，愣了半天，我眼睁睁地看着他拿牙签把碗里的肉一根一根挑出来吃。

不一会儿，我的炒肝儿也来了，往桌上一放，油亮酱红，汁明芡亮，搁的时候，还抖上一抖，别提有多好了。

喝炒肝儿有喝炒肝儿的规矩，用的碗也有讲究，得用高庄儿。什么是高庄儿？这种碗跟我们现在的饭碗一样，碗口是立起来的。这样呢，用起来方便，不会洒到身上。

有人说："拿个勺不就结了？"各位您可记住了，喝炒肝儿的传统就是不用勺。您得把碗端起来，托着碗底，就着碗口，转着碗，滋溜滋溜地喝，炒肝儿里的猪肝软糯滑口，肥肠入口即化，配着恰到好处的浓稠的芡汁，把满嘴的蒜味儿肉香酱汁，一气喝下去。哎哟，心里那个美！

有朋友问："为什么要这么吃呢？"这可能跟最早吃炒肝儿的食客有关系。据说最开始吃炒肝儿的大多是在皇城根底下干力气活儿的，有扛大包的，有拉洋车的。这帮人是怎么立的吃炒肝儿不用勺的规矩呢？倒也不用特意去立，就拿拉洋车的说吧，您这头正吃炒肝儿呢，那头来一雇主："到前门多少钱？"您就得赶紧把东西喝了，喝完好去拉车。哪儿有空拿一勺，慢慢地一口一口地吃？两口喝了就得去，去晚了，这活儿就是人家的了。所以说，这个规矩不用立，慢慢地就形成了这样一个习惯。

而后面的人呢，也就把这种饮食习惯当成了一个规矩。

最早喝炒肝儿的人，大多干的是力气活儿，壮劳力光吃白米饭哪儿够啊？得吃点儿肉，才能有力气干活儿。不光得有肉，还得够咸，用现代科学的解释来说，盐分能够为人体提供电解质，有了盐分，人才有力气干活儿，所以，有一门菜叫盐帮菜，口味儿比较重，也是劳苦大众喜欢的美食。

以前的穷人家里没有冰箱，为了把肉保存得更久，就会拿盐来腌它。咱们中国人，无论南方北方，几乎都爱吃腌肉。南方沿海省份的人爱做咸鱼，北方人会做羊肉干、牛肉干，内地的很多省份都流行做腊肉、腌肉。没有办法，不吃点儿肉，没有力气干活儿呀！

有了炒肝儿之后，干苦力的老百姓都爱喝它，那炒肝儿发明之前这些人吃什么呢？

杂碎汤。

一说杂碎汤，好多朋友估计就得点头："我知道，我也喜欢喝羊杂汤。"这里我得拦一下各位，我要说的不是羊杂汤，是白水杂碎。这东西，别说大家伙儿，我都没吃过。

那谁吃过呢？清朝同治年间，在北京前门外鲜鱼口，有一家"会仙居"，是两口子开的，男的名叫刘永奎。现在大家一听"会仙居"这名字，就觉得这一定是个大酒楼，其实是刘永奎两口子开的一个小酒馆。除了卖酒，还卖些卤肉之类的东西，方便客人下酒。

后来，大约在庚子年间，会仙居由刘喜贵的三个儿子经营，但生意一直不景气。当时，会仙居旁边有一家白水汤羊铺，生意很兴隆。刘家三兄弟一瞧，觉得这方法不错，就模仿了他们的做法，做起了"白水杂碎"。

白水杂碎是怎么做的呢？猪肠、猪肝、猪心、猪肺，清水白煮，像羊杂汤一样，但用的是猪下水，所有材料放一个锅里乱炖，炖完再加点儿作料，作料也不讲究，很多时候就只放点儿盐。您想啊，这能好吃得了吗？但在那个年代，普通人能吃上肉就很不错了。来吃这些杂碎的，大都是些干力气活儿的老百姓，正经的肉实在太贵，白水杂碎便宜啊，大伙儿就靠这么一碗白水杂碎来解解馋。

白水杂碎不讲究作料，自然也没有什么滋味儿，一回两回还行，回回都这样，也就不怎么招人喜欢了。这白水杂碎也就卖不出去了。

卖不出去怎么办呢？刘家三兄弟也有主意。他们遇上了一个吃货，叫杨曼青。这个人是干吗的呢？是个报纸的主编。杨曼青就指点他们，说宋朝的时候有两样民间小吃，叫"熬肝"和"炒肺"。这两样东西，现在几乎见不着了，但曾经也风靡一时。于是，刘家三兄弟就拿这两样东西作为参考，把白水杂碎里边的心和肺去掉，以猪肝、肥肠为主，再勾芡调味儿。就这样，原本的白水杂碎变成了现在的"炒肝儿"。

这个菜算是杨曼青和刘家三兄弟一块儿研发的，所以杨曼青也很得意，专门写了一篇文章来讲这个炒肝儿，就这样，炒肝儿一下子就成了名小吃。

1956 年，会仙居和天兴居合并了。这道小吃，也就这么传承了下来。

因为主要是卖给干力气活儿的主儿，炒肝儿的价格一直都比较便宜，用现在的话说，价格很亲民。

虽说价格很亲民，但是做法并不简单。比方说，炒肝儿里面的肥肠就得细细处理。一说到处理这个，好多朋友想死的心都有。要做到没有异味儿，入口即化，首先得把肥肠洗得干干净净的，过去只能用碱、盐浸泡揉搓，再拿加醋的清水来冲，不但很费工夫，那股味儿也实在让人难受。现在好了，有各种各样的办法来处理，比如说，拿小苏打加点儿白醋洗肥肠，洗好了拿清水一冲，很快就能洗干净。

洗好了之后，您再拿文火慢慢炖肥肠，炖得它烂烂乎乎的，再捞出来切好，配上切片的新鲜猪肝，加上蒜泥、作料一起烩，最后再勾芡。做炒肝儿不讲究一勺烩，猪肝得等到快出锅还没出锅的时候再加，不能加早了，加早了，猪肝就太木，口感不好，嚼不烂；也不能太晚，太晚了，猪肝没做熟，不光味道差，还带着一股子腥味儿。这得吃现做的，所以，正经的炒肝儿买卖都特别费工夫。

现在很多饭馆的炒肝儿口感都不好，那就是一勺烩的结果，炒肝儿弄好以后，一直放在灶上保温，为的是随时能拿给客人吃。这肯定是不行的，猪肝煮久了，就木了，又硬又柴。

过去卖炒肝儿，都得是现做，门口支一个大锅，外边摆一排桌子。他做的时候，您能在边上看着，炉子下面填上煤球，把火炉挡风口拉开，切肥肠，炒肝儿，下料，勾芡。评估炒肝儿做得好不好，不用上桌子，往饭馆门口一站，看人多不多，灶上那位一掭勺，您提鼻子闻闻这蒜泥香不香，就心里有数了。

为什么这么一闻就知道呢？因为炒肝儿里面有几样作料是必不可少的。

头一样，蒜泥。做炒肝儿的蒜泥是有讲究的，讲究"吃蒜不见蒜"。什么意思呢？就是说这个炒肝儿里面的蒜泥得特别细，细到您都看不见里面有蒜。很多人说："你是北方人，爱吃蒜，才觉得这东西香。"我倒觉得，这个不能一概而论，无论南北，大家做菜都离不开葱姜蒜，这些东西的作用是去掉肉的腥味儿。以炒肝儿来说，本身里边都是猪下水，腥味儿重，就更得多放一点儿蒜了。

做炒肝儿，还有一味作料比较特殊，什么呢？味精。

有朋友说了："那么好吃的东西，还加什么味精？我就不喜欢吃味精，能不能不加？"

　　要我说，别的菜您可以不加，吃炒肝儿，非得加点儿味精不可。为什么啊？味精的作用是提鲜。做炒肝儿的这两样主料，都是猪下水，说白了，都是内脏，且不说味道怎么样，这个鲜味儿，是怎么都没办法靠食材自己给出来的，那就必须要用到味精。

　　估计读者里头有那不爱吃味精的朋友，又得说："那是现在有味精，以前没有味精怎么办？不还是照样吃吗？"

　　说到这里，我还真知道。没有味精的时候，还真有秘方来解决提鲜的问题。这个秘方，一般人我不告诉，有兴趣的读者朋友可以自己试试。

　　这秘方是怎么来的呢？从前皇宫里面有好多厨子，伺候皇上吃饭，皇上吃饭那必然是很讲究的，各个地方都选拔那最优秀的厨子，进宫给皇上做饭。但有一点很奇怪，有人发现，怎么山东及沿海一带的厨子总比别的地方的多呢？

　　一追查才发现，这些地方的厨子都有一个共同的秘方，做的菜都特别鲜香，皇上很喜欢，三天两头打赏这些厨子。这就引起其他人的好奇了，就有人说："这帮人给皇上下药，让皇上对他们的菜上瘾。"

　　传来传去，皇上本人也听说了，皇上心想：对啊，每次吃他们做的菜，都觉得跟别人做得不一样。难道他们真的给我下药了？给我下药？！这是不想活了！当下吩咐侍卫把厨子们捆起来质问："老实说！你们往菜里加了什么东西？说实话！不然拖出去砍了！"

　　这帮厨子虽说不是文弱书生，可哪儿见过这个阵仗？只好老老实实地交代，说是用了海肠子。

　　海肠子是什么呢？大家要是没见过，可以去网上查一下，它是一种海产品，学名叫单环刺螠，跟海参一样都是在海里长大的东西，做成菜肴，很是鲜香。

皇上听了也纳闷："胡说！我从来没吃到过什么海肠子！"

厨师们就给皇上解释他们是怎么把海肠子做进菜里面的。每年轮休回家的时候，厨子们就回家买海肠子，买来之后，晒干，磨成粉，再带回宫里，每次做菜的时候，就往皇上的菜里放点儿。所以，他们做的菜就比别人做的更鲜。

皇上这才明白，这帮厨子并没有给自己下药，也就把他们放了。打这儿起，海肠子磨粉能提鲜的事儿，就在御厨房里慢慢地传开了。

皇宫的厨子们退休之后，就离开了皇宫。很多酒楼邀请这些大厨去掌勺，这个秘方也就慢慢地在民间传开了。从此以后，很多人炒菜时都会加一点儿海肠子粉，用来提味儿。

在没有味精的年月里，厨子们都会在炒肝儿里面加一点儿海肠子粉。炒肝儿也因为这点儿海肠子粉多了一股鲜香，而不是只有单纯的酱香和蒜香。所以，懂行的食客只需要站在炒肝儿店铺门口，提鼻子一闻，就知道这家菜的味道正不正。

所以说，炒肝儿里面放味精，这完全是合理的。当然，您要是实在不喜欢，可以让后厨给少加点儿，但不能完全不放，不然，厨师长得掂着勺找您麻烦。为什么？他没法做啊！您想啊，都是下水，您还不让加作料提鲜，回头您吃着不好，又得找他麻烦！还不如，他先找您麻烦。

看完这做法，我估计有些朋友得不乐意了："你这炒肝儿也不是炒出来的啊？"

关于"炒肝儿"这个名字的由来，也有很多个版本。有一种说法，说"炒肝儿"是从满语音译过来的。还有一种说法，说满族话里的"炒肝儿"就是不给勺的意思。我觉得这两种说法都很可疑。刘家三兄弟分别叫刘宝忠、刘宝奎、刘宝臣，光从这名字就能听出来，肯定是汉族人，汉人做菜怎么会起个满语的名字？再说了，炒肝儿问世的时候，大清国都快玩儿完了，谁还有心思捯饬小吃？非要起个满语名字的话，也得有个由头吧？这也没听说过。

听来听去，我觉得最靠谱的说法是这样的：宋朝发明铁锅之前，很多东西都是焯水吃，那时候的人管这种做法叫"炒"。因为这道小吃是杨曼青从宋朝的食谱里面考究出来的，所以，就按照宋朝人的习惯，起了一个有宋朝特点的名字——炒肝儿。

光一个名字都这么有讲究，那吃炒肝儿还有别的讲究吗？有！

甭管吃啥喝啥，咱们中国人都特别讲究。喝炒肝儿也有喝炒肝儿的讲究。咱们前面说过，过去那些爱喝炒肝儿的，很多都是干苦力的，就靠卖膀子力气过日子。别看他是个干力气活儿的，进了歇脚店，往桌边一坐，甭管在外头是什么人，坐这儿就有一种当"爷"的感觉。顾客就是上帝嘛。跑堂的过来："爷，您来点儿啥？"

这是过去做小买卖的定下的规矩，管您是谁，只要进了门，跑堂的都得喊"爷"。进门这位一乐，生意也就来了，甭管您吃得贵贱，花的钱是多还是少，苍蝇腿也是肉。

再说，人家都喊您"爷"了，您好意思喝完炒肝儿就跑吗？但凡手头还算宽裕的主儿，您总得配点儿啥。比如说，喝豆浆的，肯定是连着油条一起买，再不济也得来套煎饼馃子。喝炒肝儿也一样，也得配点儿东西。

配什么呢？卖苦力的，总不能进门就喊："跑堂！上一碗炒肝儿！再来一盘酱牛肉！"那不能够。您想，他这儿忙忙叨叨一天挣两块钱，有时候两块钱都不到，挣上一块钱，回家一交账，就剩八毛了，媳妇不得掂着勺问他吗？钱都花哪儿去了？今天晚上还想不想睡床上了？问得有道理啊，家里老老小小都等着你拿钱回来吃饭，你一个人在外边丁零当啷一盘酱牛肉，吃掉了家里人两三天的口粮。媳妇能不跟你急眼吗？

所以，一般咱们老百姓都是吃点儿便宜管饱的，馒头包子之类的。一口包子，就一口炒肝儿，鲜香入口，就这么一顿，吃完了一整天都有力气。

现在我们喝炒肝儿也是这样，手里托着碗喝炒肝儿，面前还得搁一屉小笼包，喝的时候，还得喝出滋溜滋溜的动静来，这跟吃面一样。您吃得香，厨师心里是高兴的，您吃得香，说明他做得好吃，您喜欢。您要是端着碗，半天没动静，人家也奇怪啊，总得伸着脑袋瞧：是不是我做得不好吃啊，怎么没个动静？

这就有点儿像吃西餐。很多朋友有类似的经验，有些西餐厅里头几乎听不见人说话，但是，屋里总有嗡嗡的声音。怎么来的呢？据说但凡厨子做的东西好吃，客人在吃的时候，会不由自主地"嗯"一声，拖着长音，闭着眼睛享受。这个声音，是对厨师的认可和赞美。所以，在一些好一点儿的西餐厅里，总能听到餐桌上传来的嗡嗡声。您要是头一回去，兴许还以为餐厅里边卫生条件不好，到处都是苍蝇。

炒肝儿也是这样啊！您这头端着碗，滋溜滋溜喝着香，厨师那头一边忙活，一边拎着耳朵一听，这位爷喜欢我做的炒肝儿！干起活儿来，也就更卖力了。

（八）

快吃论

大片铺羊面、三鲜面、炒鳝面、卷鱼面、笋菜淘面、七宝棋子、百花棋子……五花八门，简直就是舌尖上的大宋快餐。

有朋友说："郭老师，您写的这些文章，用今天的话说，就是'文化快餐'。"

我一想，还真对。吃快餐，不比吃大餐，您各位用不着正襟危坐，我也不必咬文嚼字，咱们坐在一起，聊聊历史，谈谈文化，您也乐和，我也开心，这就挺好。快餐嘛，也不是满汉全席，咱不用那么拘着。

就有朋友问了："这快餐是老外发明的东西吧？咱中国人有快餐吗？"

有啊，怎么没有，今儿我就写写咱中国历史上的"老快餐"。

快餐快餐，首先就得"快"。为什么会出现快餐呢？要么是顾客太忙，要么是顾客嘴急。

古人里头谁的嘴急呢？隋炀帝。

说隋炀帝嘴急，是有根据的。曾经有一个人给隋炀帝当过"尚食直长"，这人叫谢讽。"尚食直长"是什么呢？您就把它理解成宫廷里的炊事班班长吧。谢班长写过一本《食经》，这本书后来失传了，只留下一点点文字记载。在这仅存的文字里，谢班长提到过一种食物，叫"急成小餤"。您听这名，一听就是能在短时间内制作完毕的食物，那不就是快餐吗？

还有些古人，吃快餐也不是因为嘴急，也不是因为忙，为了什么呀？

显摆。

那位说："吃快餐还能显摆？"能啊！一说这个，我脑子里头第一个想起来的，就是石崇了。石崇，晋朝人，咱们以前介绍过。咱们讲过石崇跟王恺俩人斗富，斗着斗着急眼了，王恺连皇上家的珊瑚树都拿出来了，可是没想到，石崇在家里随便弄一棵珊瑚树，都能碾压皇上送他的那棵。

他俩斗富的项目里头有一样：斗快餐。

怎么斗？斗谁家能吃上豆粥。

豆粥这个东西，很难迅速煮熟——不光古代这样，现在也一样。什么红豆、绿豆、黑豆，您要不先拿高压锅"压"它一下，直接烧一锅水愣煮，那您且煮吧，煮得您家煤气都欠费了，那豆子还没裂开呢。

咱们现在都这样，古代就更甭说啦。可是石崇他们家不一样，人家这豆粥"咄嗟可办"。什么意思呢？就是说，只要石崇一吆喝："啊！那个谁！上豆粥！"立刻就有人把刚刚煮熟的豆粥端上来。

听着挺神奇的吧？人家石崇家里不光豆粥做得快，还能大冬天吃韭萍、萍萍。

萍，就是碎末。韭萍，就是韭菜末。萍萍，就是蒿子末。可能有人要说了："这算什么啊？这我们也能。"是，现在有蔬菜大棚，您各位家里又都有冰箱，想吃什么吃什么。可是咱们说的是晋朝，冬天能吃着青菜，在那个年代，这就是非常不可思议的事儿了。连大馋人苏东坡都写诗说过这事儿："萍萍豆粥不传法，咄嗟而办石季伦。"

眼看着石崇他们家豆粥能速成，大冬天还能吃着绿色蔬菜，王恺能不气吗？其实您说，这有什么可生气的啊，无聊不无聊？豆粥、韭菜末，这些东西有什么好比的？就算赢了，也不见得露脸哪。但是王恺和石崇搞的这个斗富活动啊，本来就是为了"作"而"作"，只求胜利，不问意义。甭瞧就这么点儿小事儿，两人也得掐半天。

王恺就派人贿赂石崇家的下人，套人家的话："你们家那豆粥，怎么就熟得那么快呢？那韭菜末、蒿子末是哪儿来的呢？"石崇家的下人拿人手短，就把底泄了，说："我们事先把豆子弄熟了，碾成碎末备用，只要一有客人来，大人一吩咐我们，我们就把这豆子末跟白粥一搅和，煮熟了端上来，这就是豆粥啦。韭菜末也根本不是真韭菜末，是把韭菜根捣碎，混上麦苗做出来的。"您想，冬小麦那麦苗湛青碧绿，切碎了跟韭菜根一搅和，端上来，谁看了不得以为真是韭菜末呢？

王恺一听：噢，闹了半天，蒙事儿啊！从此，他也开始这么干。石崇一看就知道是自己家的下人泄密了，于是就把泄密的人给杀了。

其实现在有的粥店也是这么弄粥的，把不爱熟的豆子提前煮好，弄碎，储藏起来。要煮的时候往粥里一兑，这就算齐活。您这儿下完单，他那儿就能给端上来。石崇这方法啊，已经用在咱们今天的快餐里了。

有人就说了："这个办法也没什么新鲜的，而且豆粥、韭齑、萍齑都是小吃，大菜能不能做成快餐呢？"

其实也能。

唐朝有一人，叫吴凑。这个人是一个很有能力的官员，干什么事儿都是"胡萝卜就酒——嘎嘣脆"①。吴凑能干到什么程度呢？当时的京兆尹被辞退了，唐德宗想让吴凑做这个官，就召见了吴凑："爱卿啊，京兆尹没人干了。救场如救火，你现在马上上任。今天咱们就正式开始工作，一切手续，统统补办。"于是吴凑赶紧走马上任，等到他上班的第二天，任命吴凑的这个"制"，也就是委任状，才正式颁发。可见这个吴凑一定有两把刷子，皇上才会这么雷厉风行地起用他。

一个人要是办事儿麻利，那不光办公事，办什么事儿都麻利。《国史补》上记载，说这次吴凑就任京兆尹，手续办得很急。可是按照当时的惯例，官员调动升迁，应该请亲戚朋友吃饭。但吴凑哪儿有时间张罗酒席啊？皇上催他当天就赴任呢！吴凑就跟手底下人说："没事儿，你们去请人吧，等人到了，自然有酒席。"

果不其然，大家接到邀请，赶到吴凑这里的时候，发现酒席都准备

---

① 比喻说话做事儿干脆利索，不拖泥带水。

好了。

大伙儿都纳闷啊，这怎么弄的呢？吴凑就解释："两市日有礼席，举铛釜而取之。"唐朝长安城里，有东、西两市。市，相当于今天的市场。吴凑的意思是，市上有人办一种席，您只要从家拿着锅、盘子去那儿就行，他都能给您置办好了，让您把菜肴打包带走。三五百个人撮一顿，没问题！当场就能办！这显然就是古代的快餐酒席了。

等到了宋朝，城市经济飞速发展，快餐文化相当流行。像武大郎卖的炊饼，其实就是快餐的一种。类似的"快食""小食"，宋朝那会儿满大街都是，有卖饼饵的、卖蒸芋头的、卖粥的、卖胡饼的、卖猪羊血羹的，甚至有在罐里养泥鳅、养鳝鱼的。干吗呀？这就跟今天您吃的那些日本套餐（所谓"定食"）很像。商家会现场宰杀这些泥鳅、鳝鱼，现场做菜，然后一人一份米饭，饭上一人一块鱼——就跟剧组那盒饭很像。

除了街面上这些买卖，还有专门的快餐店。咱们今天老说"即时供应"，其实这词宋朝就有。这种小快餐店，跟今天的美食城、小吃城很像，也是常备着一些吃的，您随来随吃。

都有哪些好吃的呢？

首先是羹类。比如说有"头羹"，相当于今天的大杂烩，什么豆腐、萝卜、鸡蛋、下水、蘑菇之类的，都放在一个盆里吃。还有"三脆羹"——不管是哪三样食材，反正是吃起来特别脆的，就行。比如《山家清供》里面提到过的"山家三脆"，就是用嫩笋、小野蘑菇、枸杞头做的，又甜，又脆，又鲜。

除了羹，这些快餐店还常备多种荤菜，什么二色腰子、货鳜鱼、紫苏鱼、虾、鸡……一应俱全。除了荤菜，还有各种小吃，就拿粉来说，有梅血细粉、铺姜粉……蟹的种类也很多，有橙酿蟹、酒泼蟹……但最多的，其实是面。《梦粱录》里记载东京汴梁大街上卖的面，品种繁多，什么丝鸡面、三鲜面、鱼桐皮面……还有银丝冷淘、丝鸡淘等等。这还都是快餐店卖的面。东京汴梁还有专门的"素面店"，这种素面店卖的面"皆精细乳麸，笋粉素食"，都有哪些种类呢？那可多了去了，大片铺羊面、三鲜面、炒鳝面、卷鱼面、笋菜淘面、七宝棋子、百花棋子[①]……五花八门，简直就是舌尖上的大宋快餐。

说到宋朝这些素面店，爱看《水浒传》的各位，不知道您记起来没有，《水浒传》里有这么一段，说梁山大军要破高唐州，高廉会妖术，宋江没咒念了，叫戴宗和李逵去请公孙胜。结果在一家素面店里，李逵跟戴宗叫了几份面，在那儿等着。这一等就是大半天，眼看着跑堂的在自己面前蹿过来跑过去，就是老不给上面，李逵就急了，咣一捶桌子，旁边有个老头，正低头吃面呢，他这儿大拳头一砸，老头跟前这碗面震起来老高，整个扣老头脸上了。

有读者朋友就得说了："李逵这人，怎么这样！不就等碗面嘛，急什么呀？"咱们现在出去吃面也一样，人家过个几分钟给您端上来，那不是很正常吗？这就急了，可见李逵蛮横不讲理。

应该说，李逵这人脾气确实不好。但是在等面条这事儿上，还真不

---

① 宋代素食发展的一个重要特色是用麦麸筋仿制成各种肉类滋味儿的菜肴。

能光赖李逵。我刚才这一说，您就明白了吧？宋朝那所谓"素面店"，其实就是快餐店。这快餐店要半天不给您上菜，那确实是挺让人着急的。您就想想，您进一汉堡店，说我点一汉堡，来杯可乐吧，结果人家足足五分钟没理您，那是挺可气的吧。甭说这个了，就算人家跟您说，薯条得现炸，您得等会儿，您都得不自在一会儿，对吧？您要是去酒楼，现点一桌菜，就算上菜慢点儿，您也不会觉得怎么样。

不光有快餐店，古人也做鲜榨果汁。今天咱们出去吃顿饭，没什么胃口，得，服务员来瓶汽水！来瓶果汁！这都是常有的事儿吧？古代也有。

元朝的时候，广州人已经开始做鲜榨果汁了。咱们今天去广东也能看到这种，弄一小机器，旁边一捆一捆全是甘蔗，这小机器就能把这甘蔗榨出汁来。其实早在元朝，这种鲜榨果汁就有了，榨出来的汁还要加上糖再煮一遍，这叫作"渴水"。南明有一位抗清志士，叫屈大均，他写过一本《广东新语》，里面就记载过一件事儿，说元朝的时候，广州荔枝湾种了八百株"宜母子"。这是什么东西呢？其实就是柠檬。柠檬这个东西好，不爱变质，而且富含维生素 C。当然书上没提维生素 C，但是咱们今天都知道，全世界出名的航海家，都爱在船上带点儿柠檬，能帮助水手补充维生素 C，不至于患上败血症。

到了明清年间，快餐的样式就更多了。首先，咱们刚才说的唐朝那种快餐酒席，到了清朝，已经彻底成了气候了。河北出现了专门包办酒席的商家，厨子一般都是同一个家族里的亲戚，大多是父子或者兄弟，一般就三四个人，专门置办这种临时性的快餐酒席，您要办席，不大会儿工夫就能办得出来。但是这种酒席的菜色都是固定的：四大碗、四中碗、四个七寸盘，四大八小，就这些。您要说还想点个新菜，想玩儿私人定制，那办不到。就像咱们今天的快餐店，水牌子上就这么些东西，您只能可着这个范围点。您进一汉堡店，说给我烤俩大腰子？那人家准得叫保安把您请出去。

明清时期，除了有快餐酒席、快餐店，还有各种方便食品。什么面条啊，饼啊，馄饨啊，这些都不算新鲜的。比如说，有一种东西，叫"风枵"。您拿上好的面粉和面，再做成一个个小片，用荤油炸透，起锅时加勺糖，晾干，然后您就随身带着吧，走哪儿都能吃。这东西是什么，您听出来没有？这就是油炸版本的饼干。

清朝出现过一种特别的快餐，很像咱们今天的方便面。据说，这是著名大书法家伊秉绶发明的。伊秉绶善写隶书，是乾隆时期很有名的大书法家。清朝读书人讲究聚会，不信您看《儒林外史》《官场现形记》《老残游记》，这些书里写的基本上都是当时读书人之间的瞎串。伊秉绶的书法这么有名，又先后做过惠州、扬州的知府，他们家的人少得了吗？来了人就得招待，所以伊家这厨房挺忙活的，一天到晚封不了火。

老这么着不行啊，伊秉绶就惦记着弄一种容易做的食物，客人来了，稍微整治整治就能吃。要不然家里老开流水席，那么高的成本谁受得了。

正好伊秉绶在惠州认识了一位姓麦的厨师，这位麦师傅不但手艺好，还很风雅，不完全是个体力劳动者。伊秉绶作为文人，肯定喜欢这样的厨师啊，就把他带在身边。时间一长，伊秉绶就把自己想做一种方便食品的想法跟麦师傅说了。麦师傅听完，说："好办，我是河南人，我们那儿，汤品特别好。"——今天的河南也是，有洛阳水席，有胡辣汤，有烩面，这都跟汤有关系。——"另外呢，广东惠州这边，点心做得好。我就把这两种食物结合结合，就能实现您这想法。"

怎么做呢？用上好的面粉，跟鲜鸡蛋一块儿和面，擀出面条来。先把这面条下水，煮开，然后把面条捞出来，晾干。再把晾干的面条下油锅，炸透了它，再凉透，这鸡蛋面就成了硬的了。跟今天的方便面制作流程基本上一样。

一般的食物容易变质，主要是因为有水分。伊秉绶家这个面不一样，油炸过，水分都出去了，能长时间保存。吃的时候，直接下水煮就行，跟煮方便面一样。但是正宗的伊府面，是没有咱们今天的方便面配的调料包的，您得自己准备调料包——炒鲜肉、蘑菇丁、咸鱼丁、小葱、豆腐丁等等。煮面的时候呢，讲究用肉汤煮，然后还得搁个鸡蛋、切点儿火腿、下点儿海参、切点儿鸡丝等等。还有的人吃伊府面，把这硬面条煮软了之后，捞出来再炒，做成炒面条，跟炒饼似的，也别有一番滋味儿。

虽然咱们国家自古就有快餐传统，但是说实话，要论方便快捷，那还得说现在。现在您掏出手机来，随便点几下，不一会儿人家外卖小哥就给您把饭菜送眼前来了。您这待遇，跟过去那皇上也差不多，可是您总共才花了几个钱呢？对不对。

但是呢，您且记住，吃快餐是吃快餐，但是"快"不等于"次"，您还是得注意营养、注意健康，不然我今儿就算白说了，历朝历代这些研究快餐的师傅也就算白费劲了。

当然了，还有一种更快捷更温暖也不需要技术含量的快餐，使用方法您听仔细了，也只有两个步骤：

第一步：大喊"妈"。

第二步：等着就行了。

九

餐具论

只要还有一个人肯用你，你就要尽心竭力，把工作做到位，这样才能老有活儿干。

作为一名演员，不管台下坐的是一位观众，还是成百上千位观众，都是我的衣食父母，我都得想办法满足大家伙儿的需求。只是众口难调，四川火锅再好吃，您要是不能吃辣，一样咽不下去，这正是一人难称百人心哪！就拿写书来说吧，有人想看帝王将相，有人想听神鬼妖狐，那到底写点儿什么好呢？我只能尽量写点儿多数人爱看的。为了更好地服务大家伙儿，我把大家发给我的信息集中看了一遍，还真是什么问题都有。

有朋友问："郭老师，您是不是对蟒袍有点儿执着啊？是不是憋着上非洲当皇上去啊？"

您是真抬举我，去非洲？我也不认得道啊。关键人家非洲皇上也不穿蟒袍。最近倒是做了几件蟒袍，那是戏台上穿的服装，是工作服啊，没办法呀，谁让我这人就爱唱戏呢？

还有朋友问："郭老师，相声界的祖师爷到底是谁啊？"

相声界的祖师爷，要说精神领袖的话，那得是汉朝的东方朔，这位先生好俚嬉①，爱逗大家玩儿，跟皇上都敢开玩笑，所以说相声的就把他老人家请过来，当祖师爷了。当然，现实生活中还有一位真正的祖师爷，艺名叫"穷不怕"，是清末的一位相声艺人，本名叫作朱绍文。这算是我们相声行业的两位祖师爷。

还有不少朋友特别热心肠，问我："您说的那些评书啊，单口相声啊，挖了那么多坑，打算什么时候填？"

这个您可问着了，哈哈，别急！坑这个东西，甭管它填不填，放那儿看着也是一种乐趣，来日方长，咱们有的是机会。当然我也不是什么坑都不给填，我记得有一个坑，我是填上了，那就是《张小乙下南京》，它还有个小名——《皮裤胡同凶宅奇案》。

这个故事里有俩很特别的角色，一个是叫人蛇，特别执着，爱喊别人名字，打从北京郊区就追着张小乙跑，一直追到南京。还有一个是千眼怪，这家伙也很执着，打从第一次见过张小乙，就死乞白赖赖着张小乙不放，憋着要拜师学艺。这个千眼怪就是个勺子精。今天，我们说的，就是这个千眼怪——勺子的祖师爷的故事。

以前，我们在讲故事的时候跟大家说过，器物成精，智商都不高。这个勺子也是一样，所以，它这一路上没给张小乙添什么乱。这也不怪它，它的祖师爷智商也不怎么样。

---

① 开心；取乐。

有人问："这话怎么说呢？"咱们今儿写的这个千眼怪的祖师爷，也是个勺子，是个骨勺。

什么是骨勺呢？七千多年前，我国的河姆渡文化遗址里边，就有用兽骨打磨做成的勺子。这些都是千眼怪祖师爷的同行。

有人说："这玩意儿还有同行呢？"那可不是吗？谁还没几个同行？但是，哪行都一样，甭管有多少人起哄架秧子，最后成功的就那么几位。其他的跟这些骨勺一样，只能老老实实当勺子，让人埋到墓里头也没办法。

这里边就有一个骨勺，机缘巧合，成了精。这个骨勺，在职业生涯早期真可谓是风光无限。但是它也有竞争对手。

谁呢？骨叉。

什么叫骨叉呢？就是用骨头做的叉子。要这么说，骨叉跟骨勺也能算同行，大家都是用骨头做的餐具。但老话说得好啊，同行是冤家。骨叉出现得比较晚，大概四千多年前，骨叉才被发明出来，这时骨勺已经存在将近三千年了。

骨勺就老挤对骨叉，挤对它干吗呀？因为骨勺心里不舒服，它觉得：你一个新来的，就应该给我打下手！

这天，骨叉就跟骨勺打起来了。怎么打起来了呢？骨叉抢了骨勺的活儿，那骨勺能乐意吗？俩人越说越茭，谁也不让着谁，就撕巴①起来了。锅碗瓢盆一看，赶紧上来拉架，两头劝。

---

① 扭打，厮打。

劝归劝，有一句老话怎么说来着？——"心都是偏的。"熟悉我的观众都知道，这是我创造出来的一句老话。锅、碗、盆，都得靠骨勺一勺一勺往出扒东西，那能不向着它吗？

骨叉一看大伙儿都这样，生气了："你们偏心。"

它这么一说，锅不乐意了："我的心可是正的。"

骨叉气得直喊："心正？那你赶紧上医院看看去吧，指不定有什么毛病！"

锅一听，也不高兴了："别打嘴炮了，你俩比比吧。"

比什么啊？比业务能力。看谁干的活儿多。

锅让骨叉给撑了，心里还憋着气呢，盛了一大锅肉汤就过来了："别说我偏心，我这里有肉有汤的，你俩谁都能干这活儿。来吧！"

骨叉也生气了："我先来！省得你们这里边有什么猫腻！"

说着就上来干活儿了，一大锅汤，骨叉捅了半天也没捅到肉。

骨勺一看，乐了："躲开点儿！看我的！"

说完，一勺下去，连肉带汤，都扒上来了。

这一回合，骨叉输了。

紧接着，盆跟碗也过来了，一个装了一盆水，一个装了一碗粥。骨叉眼泪都快下来了："太欺负人了！"

盆跟碗也不高兴了："我们平时就装这个，你多咱见过我们装别的？"

就这么着，骨叉彻底输给了骨勺，骨叉心里那个气啊，索性跟大家都翻了脸："干脆我走吧！我跟你们没啥可说的！"

　　骨叉这一走，骨勺心里很高兴：走呗，你走了，这里不都我说了算吗？

　　但是，天下没有什么是一成不变的。骨勺之所以能够横霸餐桌，主要是受益于当时的饮食习惯，并不是它自己的本事大。骨叉出走之后，在中国历史上消失了一段时间。它上哪儿去了呢？咱们后文再讲。

　　骨勺把骨叉挤对走了，心里很舒服，它其实也不是那么喜欢干活儿。于是骨勺就给自己找了个传人。谁呢？青铜勺。

　　青铜勺出现的时候，骨勺岁数已经很大了，准备退休了。这时候，中国社会也一直在进步，已经从新石器时代进入了奴隶社会，也就是夏商时期。熟悉历史的朋友都知道，考古学家曾挖掘出大量夏商时期的青铜器，包括四羊方尊、后母戊鼎，都是那个时候铸造的，在夏商时期，中国的青铜铸造业就已经非常成熟了。

　　青铜勺出道之后，汉代《说文解字》《方言》两本书里都对它做了介绍，说它的名字叫"匕"。

　　匕刚出道，就遇上同行了。谁呢？《礼记》称它为"箸"。这其实就是古早时期的筷子。

　　筷子很聪明，餐桌上是勺子的天下，它不争，干什么呢？老老实实该打下手打下手。新来的嘛，再有"七个不服，八个不忿"，自己人生地不熟，天时地利人和都不占，就得老实待着。而匕呢，仗着自己师父是骨勺，天天撇着大嘴，憋着给筷子挤对走。

　　这一天，又来了一个新实习生。谁呢？青铜叉，《礼记》管它叫

"毕"。刚才我们说过骨叉，骨叉是一个很有志气的小朋友，虽然说输给了骨勺，但它心里明白：这是大家伙儿一起憋着给我使坏，我一定要报仇。

在外边修炼了一段时间，骨叉看着做熟肉熟菜的多了，人类又铸造出了青铜叉，骨叉知道报仇的机会来了，二话没说，就去找青铜叉。骨叉就跟青铜叉说了："你看，你这个模样，我这个模样，咱俩八百年前就是一家。"

这就是认亲了，正是"穷居闹市无人问，富在深山有远亲"啊！青铜叉还年轻，听骨叉这么一说，再看看自己："没错！咱们八百年前就是一家。"

骨叉很欣慰，可算诓过来了。然后，骨叉就把骨勺当年怎么挤对自己的事儿，跟青铜叉说了，青铜叉，也就是这个"毕"，一听就急了，拍着胸脯："干爹您放心，儿子我一定给您报仇雪恨。"

从此，青铜叉开始跟青铜勺抢活儿干，人只要一吃菜、吃肉，它就往前冲："我来，我来！"

一回两回三回，回回都这样，气得青铜勺直嘬牙花子："小子！也不看看这里是谁的地盘，跟我抢活儿干，我看你是'老寿星上吊——活腻了'！"

这天，青铜叉又出去干活儿了，回来的时候，就见青铜勺正堵在家门口骂闲街，隔壁的锅盆碗盏碟子筷子都伸着脑袋看。青铜叉一看就火了："你要干吗啊？"

青铜勺一看："你这是故意装傻，气我呢？"

青铜叉乐了："你才看出来啊？"

青铜勺一听这个，噌一下就火了："你还真是故意气我！好小子，不让你看看我的厉害，你不知道马王爷有几只眼！"上去按住青铜叉，乒铃乓啷地就开打。

它俩打架，旁边看热闹的连忙往后跑。干吗往后跑？青铜勺青铜叉是用青铜做的，可这帮围观群众大多是用陶做的，遇着青铜，还真怕把自己脸划了。只有一位出来劝架了，谁啊？筷子。筷子是用木头做的，别人往后躲，它还往上贴。为什么往上贴啊？青铜勺天天欺负它，现在好容易来了个敢跟青铜勺对着干的，虽说看不出来是不是比青铜勺更厉害，好歹也是个硬茬儿。

筷子过来，嘴里喊着"别打了，别打了"，实际上偷摸帮青铜叉揍青铜勺。您想啊，筷子和青铜叉打青铜勺，二打一，双拳难敌四手啊。青铜勺很快就败下阵来了，它知道筷子憋着坏害自己，赶紧喊锅碗瓢盆："你们倒是来帮忙啊！"

这些餐具受了勺子这么多年的气，早就不耐烦了。只有锅想着自己当年跟骨勺有交情，青铜勺怎么说也是骨勺的徒弟，还是得说句公道话。锅就站出来了："我说，三位，老规矩，比业务，谁赢谁说话，行不行？"

一说这个，青铜勺很满意："对啊，这是老规矩。"

筷子跟青铜叉一看事情都闹到这份儿上了，那就比比吧。

锅还是按老规矩办，照旧盛了一锅肉汤上来，青铜叉愣了一下，心想：干爹说过，这个肉汤可不好弄。

筷子一看，悄悄跟青铜叉说："不要紧，我来帮你。"

筷子上来，一把夹了一大坨肉上来，青铜叉很高兴，眉飞色舞。

它是高兴了，青铜勺的脸都青了："这小子，原来在这儿等着我呢！"

青铜勺就上锅里扤了一勺，连肉带汤，也没扤上来多少，它自己也不说话了，心里难受。

锅下去了，但盆碗碟子什么的可都上来了，盆里装着面，碗里也装着面，碟子里面装着一盘肉。青铜叉上去一叉，又起来一大块肉；筷子也夹出来一大坨面；青铜勺可傻了眼了，费了半天劲，一样都没捞上来。为什么？这不是它能弄得了的东西啊！

青铜勺不干了："你们这个是故意给我难堪！"

锅也不高兴了："别乱说啊。这跟给你师父的，可都是一样的。"

盆碗碟子心里窝火，也不说好听的了："我们这些年就装这些了，你自己业务能力差，别赖我们。"

青铜勺气得直跺脚："你们这都是富贵人家吃的东西，穷人哪儿吃这个?！"

青铜叉替骨叉报了仇，也很得意："那你上穷人屋里干活儿去吧。"

打这儿起，青铜勺就去穷人家里干活儿去了。富贵人家的桌上，基本上就是筷子和青铜叉的天下，所以从那时候起，大家就管富人叫"肉食者"，也叫"荤食者"；穷苦人家吃不起肉，大家就管穷人叫"藿食者"，藿就是豆叶的意思。

筷子少了青铜勺的欺负，也很高兴，它的活儿多了，吃饭的时候，每桌都得摆一双筷子，为的是方便大家把盆里、盘里的菜，夹到自己的碗里，剩下的就是青铜叉的活儿了。这就是中国历史上最早的"分餐制"。筷子和叉子的分工方式一直延续了很多年。

历史上有位名人，我也曾给大家介绍过，叫孟尝君，这个人不但有钱，而且善于结交朋友，《史记·孟尝君列传》里说他门下养了数千名食客。为什么这些门客愿意跟着他？绝不仅仅是因为孟尝君给他们饭吃，而且，孟尝君自己吃的、用的，都跟他们的一模一样。

这天，孟尝君家里又来了一个新门客，青铜叉和筷子刚把工作做完，这个门客不高兴了。怎么了？有个人遮住了灯光，这个门客以为孟尝君碗里的菜跟自己吃得不一样。

孟尝君连忙把自己的碗给他看，这个门客很羞愧，觉得自己冤枉了别人，便拔剑自刎了。

这事儿青铜叉没往心里去，筷子看了却很难过。

话说青铜勺败给了青铜叉，心里特别郁闷，心想：不应该啊，我都是照我师父说的干的，这难道是我的错吗？但是，没有别的办法，已经让人家挤对到这份儿上了，反正山不转水转，只要还有一个人用得上我，总有我的出头之日。

等来等去，青铜勺也没等到这一天，慢慢地它也老了。临退休的时候，青铜勺也收了一个徒弟，叫汤匙。汤匙很聪明，听青铜勺说了饭桌餐具圈里的这些恩恩怨怨，心里就有了主意：师父，总有一天，我会替您把这口气争回来。

汤匙学到了青铜勺的手艺，同时开始全面发展，收了一大帮徒弟，什么酒勺、茶勺、饭勺，丫丫叉叉一大帮，通通收入门下。它打的什么主意呢？——农村包围城市。它信心可足：只要我的用处大了，总有一天，我可以带着师父师公的荣耀，重回饭圈。

干吗叫饭圈？对啊，它们都是在饭桌上干活儿的家伙，可不就是饭圈吗？

话分两头，汤匙这边忙忙叨叨一心想着重回饭圈，那头筷子也没闲着。筷子觉得孟尝君家的门客自杀，就是因为大家不是从一个盘子里夹东西吃，否则不会造成这样的误会。筷子心里就一直想：怎样才能避免这种情况的出现呢？

筷子这边有意无意地往饭碗里边晃，青铜叉也不傻，知道这筷子心里有想法。可大家也是一起打过架的，说出去跟亲哥们儿差不多，也不好意思问。

它俩虽说明面上没撕破脸，但是别人也不傻啊。汤匙收的这帮徒弟，什么饭勺、酒勺都在桌上打下手干活儿，大家都看着呢。这群小勺回去就找汤匙去了："师父师父，跟您说个新鲜事儿。"

小勺子们喤喤喤就把这事儿说了，汤匙一听就乐了，心想：可算让我等到了。

转过天来，汤匙就让几个徒弟带它去找筷子，筷子一听汤匙要帮忙，心里也嘀咕：你行不行啊？

汤匙说："您就请吧。"

到了饭桌上，筷子夹起菜往碗里送，路上这菜汤就滴滴答答地往下掉，眼看弄得满桌子都是。汤匙一看，我的事儿来了。二话没说，上去就接着筷子下边的菜汤，菜汤一滴都没落在桌上。筷子一看，心想：这小伙儿可以，有点儿眼力见儿啊！

就这么着，筷子收了汤匙给自己做小弟。青铜叉一看不干了，心说："哟，你这是要跟我来明的是吧？"

青铜叉不管那么多，扭头就找上了汤匙："这位小哥，我看你骨骼清奇，天赋异禀，一定是个练武奇才。这样，你跟我，别跟筷子混，我保你吃香的喝辣的……"巴巴说了半天，一心想要拉汤匙入伙。

汤匙听了半天："啊？您说什么？"

一句话，差点儿把青铜叉气晕了："好家伙，我这儿跟你说了半天，敢情你一句都没听见！怎么不早说，你是个聋的！"

其实汤匙一点儿也不聋，它心里记着师父的恨呢，故意不接青铜叉的话茬儿，就为了跟着筷子，一块儿把青铜叉给挤对走。

青铜叉一看汤匙听不见，就拿纸来写：你看这样这样，那样那样，咱俩一块儿干活儿，我拿东西，你，替我兜着。

汤匙一脸"懂了"的表情，青铜叉看它很懂事儿，转身就走了。

青铜叉走了，汤匙转头拿着青铜叉写的东西，添油加醋地把事儿跟筷子说了，气得筷子直发抖："好家伙！我拿你当兄弟，你这头憋着要挖我墙脚？"

筷子拖着汤匙就去找青铜叉，一见面，揪住青铜叉就开骂："我真心实意对你，有什么好的，都想着你！现在，你能耐大了，反过头来在别人面前捅我一刀。你当我离了你，就真的不行吗？！"

青铜叉这才知道，自己着了汤匙的道了。但现在跟筷子说汤匙在搞鬼，筷子正在气头上，也不会听自己的，干脆跟它比比吧，看看谁才是老大。

老规矩，把锅盆碗盏都喊来了，饭勺酒勺什么的都溜过来看热闹。汤匙跟徒弟们一使眼色，饭勺酒勺这帮徒弟点一点头，表示"明白"。

青铜叉没了筷子帮忙，筷子多了个汤匙打下手，再加上饭勺酒勺在旁边偷偷地帮忙，没用两个回合，青铜叉就败了。败了怎么办？那就得认栽，青铜叉收拾收拾铺盖卷，走了。

它走了之后，筷子和汤匙就正式成为餐桌上干活儿的主力，筷子也就成了餐桌上首屈一指的老大。

贵族们为了不把身上的衣服弄脏，每次吃东西的时候，总是左手拿勺子，右手握筷子，把东西夹到勺子里边吃，好避免汤汤水水洒到衣服上，伤了自己的体面。您可以去看敦煌莫高窟 473 窟的唐代宴饮壁画，或者是南唐的《韩熙载夜宴图》，里边就画了贵族子弟宴饮的场面：大家面前摆放着各自的食物，桌上放着盘盏，每个人面前的碗边就放着筷子和勺子。

这时候，饭桌上已经从"分餐制"，慢慢地走向了"会餐制"。

什么叫会餐制？在《东京梦华录》里边就有这么一个故事。

那时候，每一桌得有一个"白席人"，此人要负责掌控吃饭的流程和速度，维持桌上的秩序。菜一上来，大家要一起举筷，同时夹同一盘菜。只要他一喊："一二三！"大家都得夹菜，夹完之后，他再喊一声：

"撤！"边上的仆人就得赶紧过来，把空盘子撤下去。打这儿之后，大家才逐渐接受了会餐制。

书接上文，经过师徒三代的努力，汤匙虽然没有骨勺当年那么风光，也算是坐稳了饭圈的第二把交椅。

汤匙这几千年来地位一直屹立不倒，是因为它比它师父、师公都要聪明，它知道利用机会。随着时代的发展，人们饭桌上摆的已经不再是当年的粥汤，工作要求总是在变化，谁也不可能永远稳坐第一。而且，它牢记着师父青铜勺的教诲：只要还有一个人肯用你，你就要尽心竭力，把工作做到位，这样才能老有活儿干。

做人也是一样的道理：很多事情，并不是你想怎样就可以怎样，但是，只要你努力了，早晚会有成果。好了，今儿的文章来点儿创新，用一种演义的方式和大家讲讲中国历史上这些餐具的发展，您呢，听一乐，回头吃饭的时候留点儿神，别总盯着筷子叉子勺子看，当心它们仨又当着您的面吵起来。

十

吨吨吨吨，
酒不能停

以阮籍的文采和资历，写出的文章定能折服天下，能给司马昭搭一个大台阶。但阮籍打心眼里瞧不上司马氏，更不愿意对司马氏溜须拍马。怎么办呢？继续喝！

常听相声的朋友都知道，我爱在节目里调侃于老师，老说于老师有三大爱好：抽烟、喝酒、烫头。

其实，对于喝酒这件事儿，我自己也是有一点儿发言权的。二十来岁的时候我也喝酒，喝得还挺多，后来家人抱怨说："这什么时候是一站呢？"我仔细想想，其实酒这东西，喝起来也就那么回事儿！算了，拉倒！从此戒酒！

中国历史上的文人墨客写了好多好多赞美酒的诗篇，但是古人又留下了一句话："酒能误事儿。"这个东西，有人喜欢，也有人讨厌。有人没事儿就爱来两口，有人喝完只想吐，它对每个人的吸引力是不一样的，因此也就有了褒贬不一的评价。有人因为酒亡了国家，有人因为酒救了全家，那我今天就来写一写中国历史上那些和酒有关的故事。

一、杜康与酒

咱先说说酒是怎么来的。

在民间传说中，最早造酒的人叫杜康。传说杜康是黄帝手下的一位大臣，主要负责保管粮食。

那会儿人们还不会保存粮食，犄角旮旯的粮食堆积如山，开始大量发霉变质，主管粮食存储的杜康就着急了：这样下去不行啊，得找个好地方，存这些粮食。

杜康来到豫州西南伏牛山下的一个地方。这里山清水秀，鸟语花香，叫作空桑涧。为啥叫空桑涧呢？因为这儿有一片桑树林，都是上百年的老树，这些树因为年代久远，中间都被蛀空了。杜康一看这些空心树，高兴了，这些树洞都是存粮食的好地方啊！树洞都在地面上，干爽又通风，老桑树的枝叶如同巨大的华盖，把树洞罩得严严实实，就像大伞一样，让洞里的粮食免遭风吹雨淋。杜康于是指挥手下把粮食运来，藏在了这些桑树洞里。

这下杜康踏实了，长出了一口气，心说："这回可算行了。"

您别说，自从粮食被装进树洞以后，还真没怎么发霉变质。尽管如此，杜康还是每隔一段时间就去空桑涧查看一番，生怕出现意外。

但天下的事儿就是这样，您越怕什么，它就越来什么。

这一年夏秋之交，气候反常。先是连续数十天的狂风暴雨，好容易雨过天晴，又赶上百年不遇的酷暑高温，整整半个月，骄阳似火，空气就跟烧着了一样，地面热得烫脚，根本没法出门。

杜康心里惦记着存在树洞里的那些粮食，好容易等到温度降下来了，赶紧撒腿直奔空桑涧。

刚到就感觉不对劲！怎么回事儿呢？只见一群群彩蝶漫天飞舞，还抢着喝山涧里流动的溪水。杜康也好奇，就捧起水尝了尝，嚯！这水居然还有股子香气！奇怪，上次来的时候，这水根本没什么香味儿啊！

再往前走，景象更惊人了，原本安静幽深的空桑涧成了动物的乐园，几十只野猪、山羊、梅花鹿都聚集在这里，玩儿得特别高兴，时不时就去舔一舔装着粮食的桑树干。见到杜康来了，野兽们四下逃散，奇怪的是，所有的野兽跑起来都是歪七扭八的，还有几只野猪干脆就不理会杜康，流着哈喇子继续睡大觉。

杜康仔细研究了一番，发现动物们舔的不是树干，而是树皮里渗出来的一种透明液体，这汁液闻着还挺香，杜康忍不住用手指头蘸了一点儿，送进嘴里尝了尝。这一尝不要紧，简直如同灵魂出窍一般！杜康心说："这一定是神水吧。"忍不住又舔了好几口。

这神水喝多了会犯困，杜康不知不觉间就躺在桑树下睡着了，也不知道睡了多久才醒。杜康想起了自己来到此地的目的，不由得打了个激灵：不对！我得看看粮食咋样了！

这一看不要紧，杜康差点儿魂飞魄散！前些日子下大雨，接着又是好几天高温，存在树洞里的粮食全发酵了，他喝的那个神水就是从发酵的粮食里流出来的。杜康心说："完了……全国的粮食都被我糟践了，这下大家还不得把我活活打死？"想到此处，杜康不禁掩面痛哭。但一直哭也不是办法啊，杜康心说："死马当作活马医吧。虽然我把粮食糟践了，但我找到神水了呀！"他便把这些神水带了回去，呈给黄帝。

黄帝一听粮食都给糟践了，勃然大怒，想处死杜康。杜康赶忙为自己求情："大王，虽然我把粮食糟蹋了，但我带回了神水，您尝尝看，尝完再杀我也不迟啊。"

说着，就把神水献上去。

满朝文武你一口我一口在那儿尝这神水。别说，这些人喝完神水，估计是直接喝大了，纷纷跟黄帝进言："大王，我们觉得吧，这粮食没了咱可以再种，但要是没了杜康，咱就再也不知道怎么制作神水了。要不咱放了他，专门让他造神水？"

黄帝估计也喝得上头了："言之有理，就这么办！"

然后请来仓颉，专门为这个神水取名为"酒"。

从此，"酒"就走进了中国历史，多少兴亡都与它有了关系。

二、青年才俊因酒废才

喝酒误事儿的故事在历史上有很多，比如说张飞，他就是因为酒后鞭打士兵，结果被自己的兵给杀了。但要论喝酒误事儿，能误到亡国的，那就得写写齐文宣帝高洋了。

高洋其实是个非常有才干的人。高洋生于官宦之家，他的父亲高欢是当时的相国。有一次，为考验几个儿子的能力，高欢就弄了堆乱丝让大家处理，看谁能尽快把丝理好。别的孩子都老老实实在那儿解扣，只有高洋，抽出刀来，一刀将乱丝砍断。高欢就问他："你这是几个意思？"高洋回答道："乱者须斩。"

从这句话里，您就能看出高洋从小就很有决断，而且处理问题的时候，手腕也够硬。

又有一回，坑娃老爹高欢命令孩子们带兵外出，私下又派武将装扮成敌人在路上偷袭他们。孩子们也不知道这是假的啊，一看斜刺里杀出一彪人马，不知道啥情况，呼啦一下全跑了，唯独高洋没有跑，非但没跑，还带着士兵一通反击，把假扮敌军的武将都打毛了，连声求饶说"我是你爹派来吓唬你们的"。那也不行，高洋听都不听，非要打赢对方才肯作罢。高欢在旁边一看，高兴了："此儿意识过吾。"

什么意思呢？就是说："这小子比我强！"

高洋二十二岁那年，接受东魏孝静帝禅让，当了皇上，创建了高氏政权集团。可以说，开国后的高洋还是非常务实的。他一边整顿吏治，打击门阀，一边开拓疆土，带领部队攻打契丹、讨伐突厥，还都打赢了。北齐在高洋的领导下，迅速成为中国三个割据政权中最强大的一支力量。

然而，这么一个青年才俊有个坏毛病——爱喝酒。

不光爱喝酒，而且每喝必醉，每醉必疯，可以说是酒品极差了，一喝完酒就满世界散德行。当了六七年皇上后，高洋的脑子估计是被酒精烧坏了，整个人性情大变，脾气反复无常，举动更是暴戾乖张。他一喝多，就光着身子，拿着刀剑跑到大街上吓唬人。有时还闯入大臣的府邸，公然调戏有姿色的女子。夏天，他一丝不挂地在太阳底下暴晒；冬天，他喝完酒就喜欢裸奔，还要求随从和他一起裸奔……大小也是个皇上啊！这像什么样子？！

高洋喝多以后干的荒唐事儿多得数不过来。有一次他喝多了，他的母亲娄太后骂他，他就还嘴说："你这老娘们真烦人，应该把你嫁给胡人当老婆。"还有一回，高洋喝多了，想玩儿"鸣镝射父"的把戏，就带着弓箭去了老丈人家，一箭射破了丈母娘的脸。"鸣镝射父"的典故，您要是不知道，可以去查一查，在这里就不展开讲了，这是另外一个故事了……一句话，高洋此人荒唐至极。

如果喝完酒只在家里闹闹，也就算了，可是高洋喝高了之后，最爱整人，他喜欢整谁呢？宰相杨愔。

杨愔可不是一般人，此人德才兼备，将北齐治理得井井有条，北齐能够迅速崛起，也全亏了杨愔的才干和勤奋，但就是这么一个高级人才，却被高洋给玩儿坏了。

有一回高洋喝多了，靠在杨愔身上，手里拿把小刀，不停地在杨愔肚子上比画，边比画边说醉话："你说你这么有才华，这肚子里都装了什么呢？我很好奇啊，要不我打开看看？"

别说杨愔差点儿被吓尿，旁边的人看着也瘆得慌。高洋过去并不是没有干过类似的荒唐事儿，他曾借着酒劲把自己的一个宠妃给宰了，还用她的骨头做了把琵琶，边喝酒边弹琵琶，您就说这人多可怕！眼看杨愔被吓得魂不附体，众人赶紧过来打圆场："别别别皇上……您又调皮了。"一群人好说歹说，才把宰相给救了下来。

还有一回，高洋喝醉之后，硬是把杨愔给塞进一口棺材里头，还拉着这棺材去街上遛了一圈……您想想，他就这样对待肱股之臣，那下头的人能给他好好干吗？

高洋三十一岁那年，因饮酒过量，暴毙而亡。高洋死后，北齐统治阶级内部越来越混乱，最终被北周灭了。

三、多出两百年

说实在的，要论起"喝酒坏事儿"的掌故，那真是无穷无尽，历史上有太多类似案例了。那有没有因为喝酒，遇上什么好事儿的例子呢？欸，今天我就给您讲一个喝酒喝出好事儿的故事。

故事的主人公是汉景帝刘启。汉景帝大家都知道，历史上数得着的英明贤主，著名的盛世"文景之治"说的就是汉文帝、汉景帝统治的时期。但是，当刘启还是太子的时候，也干过一件荒唐事儿。

那天刘启喝多了，起了色心，宣了一个他格外宠爱的姬妾来侍寝。可就那么不巧，这姬妾到了之后，发现自己例假来了……这姬妾挺有鬼主意的，她把自己的一个侍女推出来送给刘启："这姑娘你觉得还可以不？"

机缘巧合，这位侍女居然就这样怀孕了，还把孩子生了下来，这就是汉景帝刘启的第六子，刘启为他取名"刘发"，封地在长沙。就这样，汉室多了这么一支血脉。后来王莽改制，建立新朝，结果刘氏子孙又起兵灭了王莽。是谁灭掉王莽的呢？大家都知道，刘秀！那么刘秀跟刘启是什么关系呢？刘启是刘发的父亲，而刘发又是刘秀的六世祖。换言之，沿着刘秀这支血脉，往上推七代，正是汉景帝刘启！

您说，这上哪儿说理去？本来是酒后乱性的一个意外，没想到最后却让汉朝江山多延续了近二百年！

所以说，酒这东西是好是坏，真的不好说。

四、阮籍喝酒避祸

可能就有读者朋友说啦："刘启这个酒后乱性算不得什么，纯属巧合。"那我再写一个正经的喝酒避祸的故事。

这人是谁呢？阮籍。此人是"竹林七贤"之一，文武双全，诗词歌赋写得一级棒。"愿为双飞鸟，比翼共翱翔"，多么美，是不是？这句诗就出自阮籍之手。

阮籍这个人生性孤傲，很少说话。那他跟人交流的时候怎么表达态度呢？用眼神。阮籍看人，有时用白眼，有时用青眼。遇到不喜欢的，就用白眼看他；遇到喜欢的呢，就用青眼，所谓"青眼有加"，就是这么来的。一句话，这是个极厉害的人物，有兴趣的您可以去了解一下。今天咱就单讲他喝酒的事儿。

魏晋南北朝时期的风流名士平日里不干正经事儿，只管喝酒、清谈，这就是所谓魏晋之风。阮籍就是这个时期的代表人物之一。据说阮籍的父亲阮瑀也好酒，曹丕称阮瑀"书记翩翩，致足乐也"，据说此人即使在酒醉之后，写出来的文字也十分优美。阮籍的侄子阮咸，是"竹林七贤"

中比较年轻的一位，行为举止同样放浪不羁。阮籍的侄子阮修也是大名士，他出门时，经常在杖头上挂着一百文钱，路遇酒店就取下钱来买酒狂饮。后来人们就将买酒的钱称为"杖头钱"。

这么一家酒腻子，照理说成不了什么大事儿。但在那个时代，阮家却是代代名流，出了许多了不起的人物。

阮籍有一个绰号叫"阮步兵"。这个绰号是怎么来的呢？

有一次，阮籍突然申请去做步兵校尉。这么一个不问政治、明哲保身的人，怎么忽然主动请官做呢？据他自己说，是因为营中厨房贮藏了好几百坛美酒。

其实这是一句托词。此时，曹家的江山已经落入司马氏之手，阮籍作为当时的"顶级流量大 V"，早就被司马家盯上了。眼看司马氏没完没了地请自己出山，阮籍心里明白，不出去做官，司马家是不会放过自己的。于是他选择用这样的方式表达自己的愤懑：官我可以当，但我就不好好干，每天只管醉生梦死，和美酒相伴。这样，多少能表达一些对司马氏的不屑。

尽管如此，阮籍还是被司马昭惦记上了。

司马昭倒不是惦记他，而是惦记他女儿，想让阮籍的女儿给自己的儿子当老婆。司马昭的儿子是谁呢？就是后来的晋武帝司马炎。

一般那些庸庸碌碌的家长，也就答应了，有什么不好？人家也是青年才俊，还是名门望族，眼看就是未来的皇上，挺好一事儿呀！

阮籍不这么想。所谓"伴君如伴虎"，您跟皇上当亲家，谁知道哪天就被灭门了。但话又说回来了，皇上提亲，您敢说"没学区房不嫁"吗？

这事儿让阮籍很为难，应也不是，回也不是，逃也不是，留也不是……最后，他想了一个绝的：我喝酒得了！

这事儿喝酒能行？

搁别人可能不行，但阮籍行。为什么？提亲的人一来，阮籍就已经喝醉了，舌头僵硬，不省人事。提亲的人一看，没法说了，那就赶明儿再来吧。

第二天，提亲的来了一看，好嘛，这哥们儿还没醒呢。

第三天……第四天……阮籍这一醉，足足醉了六十天。最后司马昭一看：你怎么老这样?！我不要面子的吗?！得了得了！拉倒！

这婚事才算是躲过去了。

后来，朝中大臣请司马昭受封九锡，进位晋公，说白了就是预备当皇上了，"司马昭之心，路人皆知"嘛。虽然方方面面的准备工作已经做得差不多了，但是司马昭还得装装样子，假装自己不想当皇上："欸，那什么，我可一点儿都不想篡位啊，你们不许逼我。"

眼看司马昭假意推托，不肯接受，司空郑冲就派人去找阮籍，让他写一篇《劝进表》。

以阮籍的文采和资历，写出的文章定能折服天下，能给司马昭搭一个大台阶。但阮籍打心眼里瞧不上司马氏，更不愿意对司马氏溜须拍马。怎么办呢？继续喝！

这一回，他躲到朋友袁孝尼家里喝酒，喝得酩酊大醉，不省人事。但这回司马昭已经有经验了，醉？醉了也得给我写！

阮籍被逼无奈，带着醉意写了这篇《劝进表》。司马昭篡位后，阮籍心中又羞愧，又痛苦，万般愁苦，难以释怀，郁郁寡欢了一段日子，到底在那一年冬天去世了。

您说，阮籍一天天的是醉着呢，还是醒着呢？这事儿就不能往深了琢磨，越想越觉得这些名士确有过人之处，只是囿于时代，不能明志，酒便成了他逃避现实的心灵家园，想来也是令人唏嘘。

十一

剩饭论

折箩有点儿咱今天说的"福袋"的意思，赶上什么是什么。

剩饭，大伙儿都吃过吧？

肯定吃过。居家过日子，谁还不吃几顿剩的？上一顿没吃完的，留到下一顿了，难道全都给倒了？那也太浪费了，对不对？

有的读者朋友就说了："剩饭再写也写不出花来呀？吃剩饭，无非就是熥一熥[1]、热一热，再接着吃呗。"嘻，要是那么简单的话，老郭还写什么书呀。处理剩饭的办法，那可多了去了。真要弄好了，比正经现做的饭还香呢。

咱一样一样写啊，先说米饭。

上一顿剩下半锅米饭，怎么办呢？

---

[1] 凉了的熟食再蒸或烤。

头一样，做炒饭。

新焖的米饭，做炒饭，反而不好吃。非得用那隔夜的米饭，米都发硬了，从科学的角度说，是这米里的淀粉老化了，做炒饭才香。

有人说："我知道，不就是鸡蛋炒米饭嘛，老北京叫'鸡子儿炒米饭'。"其实炒饭很考验技巧，光这一个炒饭，就有好多做法。什么扬州炒饭啊，咖喱炒饭啊，海鲜炒饭啊，您可以在里面"俏"① 好多东西，弄点儿火腿肠啊，弄点儿黄瓜、西红柿呀，都没问题，有的朋友还得搁点儿虾仁啊，"咔咔"一炒，喷香喷香的。

在所有炒饭里，蛋炒饭算是最简单的了。但您要想把蛋炒饭做好吃了，除了得用隔夜的米饭，还有几个需要注意的地方。我介绍一些自己的经验，供您参考。

首先说鸡蛋，不是搁得越多越好。有的人特别馋，炒一碗米饭，恨不得搁仨鸡蛋，炒出这碗饭来，好家伙，"麦浪滚滚"，跟小黄人成精似的，那就不香了。

还有一个，就是葱花。过去大家做炒饭，讲究先下点儿葱花，借葱花这味儿，炒出的米饭有一种鲜香。有的人还故意把葱花稍稍炸煳一点儿，炒出来的饭有一种焦香味儿，也不错。可是现在好多馆子做蛋炒饭，都省了这道手续了，有的压根儿就不放葱花，有的倒是肯放葱花，可是葱还生着呢，着急忙慌地就把饭炒出来了，一点儿都不香。您且记住了，

---

① 指烹调时加上（俏头）。

稍微多加热一会儿，让这葱花把味儿放出来，葱的香气出来了，炒饭才好吃。

有人爱吃咸口的，多下点儿酱油，做一个酱油炒饭，也挺好。用什么酱油呢？口味儿因人而异，不过您要到了海外，就会发现那些外国的厨子，一说做中餐，就特爱做咱们的酱油炒饭。他们喜欢用一种珠江桥牌酱油。这种酱油，味道非常鲜，炒饭的时候，再下点儿胡萝卜丁、青豆，有的厨子还得下点儿豉油，所以那饭炒出来，色泽特别鲜亮，让人一看就想吃。

北京这一带，还有一种处理剩饭的办法——烫饭。烫饭这东西吧，有点儿像大杂烩。剩菜剩饭，加水一煮，里面再扔点儿菜叶子、熟肉、火腿肠啊什么的，大火煮开了，大家抱着碗"忒儿喽忒儿喽"，连干的带稀的，暖暖和和一吃。尤其到了快入冬的时候，吃上这么一碗，从嘴里到胃里都那么舒服，再发点儿汗，就更好了。

叫我说啊，最好吃的烫饭是杂碎烫饭。刚宰完了牲口——咱也甭管是羊是猪是牛吧，牲口的这点儿杂碎、下水，炖一大锅，炖熟了，搁一桶里，就在窗户外面冻着。过去那会儿没冰箱，但冬天是真冷，您放心，绝对坏不了。等哪天想吃这烫饭了，打那桶里挖一勺杂碎，搁锅里，倒进剩饭剩菜一熬，好吃。咱们不是有一段传统相声叫《珍珠翡翠白玉汤》吗？那位问了："什么是'珍珠翡翠白玉汤'啊？"其实就是杂和菜剩菜汤。所谓珍珠，其实就是剩饭；翡翠，是菠菜叶子；白玉，是豆腐。只不过老段子爱拿皇上开玩笑，故意把原料说得很恶心，什么馊豆腐、剩锅巴之类的。其实您想，要是这些食材都是干干净净的，不馊不臭的，那煮起来不也是香喷喷的一锅好菜吗？

要是到了上海，人家本地人吃什么呀？泡饭。

据说，日本人也爱吃泡饭，而且还是茶泡饭，拿热茶把米饭一泡，撒上芝麻、海苔什么的一起吃。其实咱们国家也吃茶泡饭，《红楼梦》里，贾宝玉就吃过茶泡饭。还有谁爱吃茶泡饭呢？"秦淮八艳"里面的董小宛爱吃这个。董小宛不吃荤腥，瞅见大肥肉就腻味。她平常怎么吃饭呢？就拿着一小壶茶，泡上一小碗饭，就吃这个。茶泡饭这东西，我在《郭论》里也写到过，就是讲粗茶淡饭那一章，您各位感兴趣的可以去看一看。

不过，说到上海人家常吃的泡饭，就跟这个有点儿不一样了。上海这泡饭，要说简单，那甭提有多简单了——把剩饭拿开水泡软了，加点儿榨菜、搁点儿酱油之类的。据梁实秋先生说，他在上海朋友家吃早饭，头天晚上的剩饭剩菜，一锅煮开了，这就是泡饭了。拿什么下饭呢？四只小碟子，装着四样东西——油条、皮蛋、乳腐、油汆花生米。这也算是一顿饭。

但是，上海的泡饭，要讲究起来，也可以特别讲究。用隔夜的米饭，里面放进木耳、笋、咸肉丁、香菇，不能用白开水泡，得用高汤沏进去，泡这碗饭。佐餐的小菜也讲究，有"麻虾酱""酱鲜豆"之类的。再细致一点儿的，还可以买回油条来，就着泡饭吃。

除了炒饭、烫饭、泡饭，剩饭还能做锅巴，没想到吧？

锅巴，大伙儿都爱吃。焖饭的时候，焖出一层壳似的东西，这就是锅巴，嚼起来咯吱咯吱的，又香又脆。

锅巴不难做，只要有剩饭，您也能做。找点儿剩米饭，把它蒸软了，再团成饭团，拿保鲜膜给它裹上，然后用擀面杖擀成饼，再切成一块一块的，下锅油炸，锅巴就做好了！您要想再讲究点儿呢，弄点儿鸡蛋，把蛋液裹在锅巴上，再重新下锅炸一次。嘿，吃去吧，就着茶水当小零食，特别美味。

除了做锅巴，米饭还可以用来做"仙贝"，无非就是再搁点儿芝麻、酱油之类的，跟做锅巴的方法差不多，味道是极好的。

不过，这些个吃食还都不出奇，我有个朋友会用米饭做酒：把米饭盛在一个罐子（可以密封的那种）里，然后把饭压瓷实了，中间掏一个洞，把酒曲灌下去，再把罐一封。您就等吧，三天以后，米酒其实就已经酿出来了。但是您不能急，等几天再开这盖。嘿！扑鼻的清香！酿完米酒剩下的米糟，您也不用倒，留着干吗呢？做鱼可以用。

说了半天，净说米饭怎么弄了。那要剩下的是面食，怎么办呢？
其实办法也很多。

首先说，剩下窝头怎么办。

过去旧社会，老百姓哪儿有今天这么多吃食，能啃上大眼窝头就算很不错了，还得是杂和面的。要说你们家都吃上棒子面的净面窝头了，好嘛，你们家这是要疯啊！

可是窝头这东西，刚弄的时候，暄腾腾的，还挺好。等凉了、硬了，您再吃一个试试？那就不是窝头了，整个一砖头。

过去窝头凉了怎么吃呢？烤。

那会儿家家都生炉子，把窝头切成片，垫上报纸，摊在蜂窝煤炉子上，慢慢地烤，烤得焦香四溢。过去孩子们上学，有的学生会把窝头带到学校，拿学校的那大炉子烤窝头，更香。

烤完了窝头，直接吃也行，但我建议您往窝头上再抹一层臭豆腐、酱豆腐什么的，吃起来舌头尖都是甜的，越嚼越香。

窝头能烤，馒头就更能烤啦。现在咱出去吃烤串，还得特意点俩烤馒头片呢。有那烤得好的店，给馒头刷上酱，烤出的馒头片金黄金黄的，一看就特有食欲。还有人，不爱烤馒头片，爱烤整个的馒头，而且烤的办法还特花哨。把馒头冻得硬邦邦的，拿刀在这馒头上改几刀，切出一个个的口子，把这口子都掰开。然后拿一鸡蛋，打成蛋糊，蛋糊里搁点儿油、加点儿盐，或者加点儿糖也行，都刷在馒头这些口子里，刷完了，再放火上烤，或者搁烤箱里烤也行。烤出来的馒头，跟开了花似的，又酥又脆，特别好吃。除了馒头、窝头，其他东西也可以烤，什么包子、饼、白薯，都能烤着吃。

除了烤，做面食还有好多别的办法。说个我爱吃的——炒饼。

炒饼花样可多了，什么素炒饼、鸡蛋炒饼、肉炒饼，这些您大概都吃过。河北省赵县有一种蛋炒饼，叫"猴爬杆"，可能您还没尝过。咱们一般在家里做蛋炒饼，都是炒的时候才往里搁鸡蛋，人家赵县"猴爬杆"不是这么做。要做"猴爬杆"，先切一斤饼丝，配四个鸡蛋。拿这鸡蛋液，先抓这饼丝，抓匀了，抓透了，再开中火，甚至是小火，加上蒜末、葱丝，一点点地炒，讲究的能炒十几分钟。炒的时候，要往锅里淋上醋和麻油，最后还得往里放蒜薹末。吃这个炒饼，得配当地的木须汤，说白了就是鸡蛋汤，打上蛋花，俏上肉丝、木耳、黄花，连吃带喝，好吃。

到了西北，宁夏这一带，炒饼不叫炒饼，叫"炒糊饽"。这种炒糊饽有个最大的特点：里面是真的有羊肉啊！先把羊肉条煸熟了，再放豆腐条、干辣椒片，然后下两勺羊肉汤，炒的时候，把葱姜水、花椒水、醋这些个调料都下进去，最后把它焖熟，嘿！那个味道可是太棒了！

还有一样让人馋的面食——炸饺子。炸饺子、煎饺、锅贴，这三样东西，好多人分不清楚。其实，炸饺子最简单，就是吃剩的饺子，之前已经水煮过一回了，一顿没吃完，在盖帘上搁着，下顿吃的时候，把它下锅一炸，这就是炸饺子。

煎饺呢，跟炸饺子很像，但您可以先煎后煮，也可以先煮后煎，"煮"这个环节是必须得有的。锅贴就不一样了，锅贴没有"煮"这道工序，只有煎，做的时候老得揭开锅盖淋水，这就是锅贴。

在北方，京津一带，习惯把吃剩的水饺炸一炸，再吃一顿。可是您要到了其他地方，可能家里吃的就不是炸水饺，而是煎饺、锅贴了，味道也是另一个味道了。

咱们说了半天，都是研究家里怎么做剩饭吃。还有些人，不爱吃家里的剩饭，专爱吃饭馆的剩饭。

写到这里，需要引进一个术语——"折箩"。折，在北方方言里是"倒过来倒过去"的意思。箩，就是箩筐的箩。这折箩啊，也叫"合菜"，最开始是天津话，后来北京也这么说。所谓"折箩"呢，指的就是在外面吃席，席面上那些吃剩下的菜。

过去天津人吃席，讲究吃"八大碗"。不同的饭馆，不同的字号，对"八大碗"的理解，也不太一样。但是一般来说，"八大碗"指的主要是：熘鱼片、炒虾仁、全家福、拆烩鸡、独面筋、四喜丸子、红烧肉、红烧鲤鱼。天津人的席面，扎扎实实，量大，给得多，很少有一桌席吃得干干净净的情况。倒是经常有这种情况发生：一桌席吃完，客人都散了，桌上还有好些菜，干干净净，一口没动，这可怎么办呢？小伙计过来，把菜倒一箩筐里，箩筐下面接一盆，用来接菜里的汤汤水水。最后，筐里剩下的干松的饭菜，都"折"在一块儿，这就叫"折箩"。后来时间长了，"折箩"的含义就引申了，指代所有剩饭剩菜。

您别瞧折箩是剩菜，它可相当抢手。为什么呢？便宜啊！一桌整席得多少钱啊！民国那会儿，天津的"八大碗"可不是谁都吃得起的，粗八大碗一桌一块二，细八大碗一桌一块六到一块八。一份折箩才多少钱？一毛！您想，这生意能不火吗？有的饭馆自己就干这买卖。也有那小苍蝇馆，专门从大饭馆、大饭庄子买折箩，拿回来加工一下，再卖给顾客。咱们之前写过北京的会仙居，传说他们家最早就是干这个的。天津也有，20世纪40年代，大概在劝业场9路汽车站附近，就有一个相当火爆的折箩摊，摊主支一口大锅，把从饭馆子收来的折箩往锅里一倒，一煮，摆上桌子凳子，谁愿意来吃，一毛钱能给一大勺！天津嘛，水旱码头，南来北往的客人也多，往摊上一坐，一毛钱来一大碗热气腾腾的折箩，把怀里揣的干粮掏出来，有大饼子，有馒头，就着折箩，"唏哩呼噜"这么一吃，又暖和又解馋。

这是天津，北京也有卖折箩的。好多二荤铺都代卖折箩。所谓二荤铺，就是指卖猪羊二荤的小铺面，您拿它当茶馆也行，当饭馆也行，它是什么都能干，甚至还能代食客加工食材，当然，也代卖折箩。

二荤铺代卖折箩，不光是煮剩菜，还得再切两刀白菜扔进去，也跟天津的摊子一样，一碗一碗地卖。

按常理说，买折箩的人都吃得挺开心的吧？也不全是，有一种人不开心，一碗折箩吃得提心吊胆的，什么人呢？八旗子弟！他们这些人，过去靠皇上给的俸禄过日子，后来铁杆庄稼倒啦，又不会干糙活儿，只能靠拆家卖东西过日子，要是馋了怎么办呢？只能吃折箩去，可又怕别人瞧见难为情，所以一边吃着，一边还得左右来回踅摸①，看有熟人瞧见自己没有。于是就有了一种吃法，叫"两头瞧"。

吃折箩还有一个好处：它有撞大运的成分。您比如说，过去在天津，家里大人把孩子叫过来："来，给你一毛钱，去拿上大碗，买一毛钱折箩。"

一毛钱一大勺折箩，里面指不定有什么菜。运气好的时候，能赶上鱼、虾仁，不错吧？还有更走运的时候呢。万一赶上收折箩这位，收到了"四大扒"——扒整鸡、扒肘子、扒海参、扒鱼翅什么的，这一大勺要是让您赶上了，筷子下去一捞——嚯！鱼翅！这种快乐也不是没有过！

折箩在山东不叫"折箩"，叫"渣菜"。山东有位名人，酷爱吃渣菜。这人是谁呢？说出来都新鲜——孔府第七十六代衍圣公孔令贻。

孔府的派头您一定知道，孔府菜那是一绝啊。孔子说过什么来着？"食不厌精，脍不厌细"，对吧？按说孔家的后人，那应该是会享受的主儿啊。哎，可人家这位衍圣公，就爱吃渣菜，也就是折箩。但凡曲阜哪个大户人家有个喜庆寿筵啊，衍圣公就派人去要折箩。您想啊，他是衍圣公，谁敢真给他折箩吃啊？都是像模像样做一桌，"得啦，给衍圣公捎

①（用眼）搜寻；寻找。

回去吧！"

家人回来就跟衍圣公说："渣菜给您要回来了。"这位孔老爷马上就开心了，高高兴兴吃一顿。您要是跟他说："人家不给剩的，好好给您做了一顿新的。"衍圣公就不高兴了，新菜我还不吃呢！

新鲜不新鲜？

还有一种折箩更受欢迎，就是这点心铺的折箩。点心那东西，您知道，它是有保质期的，要是过了一段时间还卖不出去，那真的除了招耗子再没别的用处了。所以点心铺也卖折箩，一瞧这货积压了有一段时间，眼瞅着到保质期了，得了，弄成折箩吧。

点心铺的折箩都有什么呢？应时应景的甜食最多。比如说碎蜜供——过了供的日子口了，谁还买呀？得！掰碎了卖吧。

再有，就是平常出货量最大的那些品种，也容易出折箩。比如说核桃酥啊，江米条啊，槽子糕啊，这些东西天天做，天天卖，周转得快，卖不出去就给它撮成一堆，降价处理。跟饭馆的折箩一样，点心铺的折箩也有点儿咱今天说的"福袋"的意思，赶上什么是什么。有那运气好的，买完折箩，拎回家一看，里头又是寿桃，又是萨其马，这可都是好点心哪！您今天算是抄上了！

吭哧吭哧写了半天，其实并不是想告诉您怎么打扫剩饭剩菜，主要是想提醒大家，别浪费粮食。好好的饭菜，咱们要是上顿吃不了，就留着下顿吃。在外面吃饭，菜点多了，吃不了，咱们就兜着走。只要咱们抱定"不浪费"的原则，怎么都有节约粮食的招。不过，您也注意，冰箱里的剩菜剩饭，要是已经剩了三十多天了，那咱还是别要了。说归说，笑归笑，安全卫生很重要。

十二

吃糖论

天津人爱吃糖，市面上出售的糖种类也很多，除了药糖，还有豆根糖、酒心糖、琥珀果仁、扱洋糖、麻酱糖、酸末糕糖、大梨糕、嘣罗蜜……

现如今啊，生活节奏太快，大伙儿都活得挺累。今儿房东说要涨房租，明儿学校老师让您去开家长会，好容易后天没事儿了，领导通知全体员工加班……这日子过得忒郁闷。

郁闷了怎么办呢？撮一顿呗。您没听人说："没有什么事儿，是大吃一顿解决不了的。如果一顿还解决不了，那就两顿。"这就叫"胡吃闷睡，没心没肺。嘻嘻哈哈，多活几岁"。

所有食物里，最能帮人调节心情的，可能就是甜食了。什么巧克力啊，冰激凌啊，甜丝丝的，吃完，神经也就松弛下来，能落个好心情。您要是经常感到焦虑，不妨往兜里揣两块糖，焦虑了就含着。据说有些人老嚼口香糖，就是为了缓解紧张的心情。

说起吃糖来啊，现在人吃糖越来越挑剔了。连小女孩儿喝个奶茶，都得选呢，是要"半糖"的啊，还是要"无糖"的啊？这也就是现在生活水平高了，咱们老百姓还能挑三拣四的。搁过去，吃糖可是难得的事儿，可不像今天这么容易。

首先，中国人吃糖，那可有年头了。历史上咱们中国人吃的糖主要是饴糖，蔗糖相对较少。据说在战国的时候，出现了花生糖，它就是拿饴糖做的。到了东汉，有了明确的关于蔗糖的记录，那会儿的人想吃蔗糖可费劲了，得先进口。在东汉，蔗糖又被称为"石蜜"。

到了唐朝，当时洛阳出现了用蔗糖、香苏、牛奶制作的"炼乳糖"。因为发明炼乳糖的人名叫"李环"，所以这种糖也被称为"李环饧"。"李环饧"轰动了洛阳城，大家都排着队买，这个糖当时就卖到60文一斤。熟悉历史的朋友知道，唐朝中后期一直在闹"钱荒"，"钱贵物轻"，在这种情况下，一斤糖竟然能卖60文，可见这东西有多抢手。

大约在唐大历年间，冰糖出现了，将白砂糖煎炼成冰块状结晶，就成了冰糖。您拿它做个冰糖雪梨、冰糖燕窝，都没问题。还有不少丸药的配方里也有冰糖，为的是养阴、润肺。

宋朝时期出现了各式各样"吃着玩儿"的糖，什么泽州饧、花花糖、望口消、糖丝线、乌梅糖……乌梅糖可以生津化痰，酸酸甜甜的，口感也很不错。

到了明朝，"软糖"出现了，比如说苏式软糖，现在苏州还有卖的呢，什么软松糖、软桃糖、三色软糖之类的。

到了清朝，糖的类型一下就多起来了，比如说咱们现在常吃的牛皮糖、芝麻糖，这都是清朝时候才有的。

但是，咱们说的这些高级的糖果，在当时大多只属于上流社会，是只有王公贵族才能享用的特殊商品。普通老百姓日常消费的糖果还是以饴糖为主。饴糖是由玉米、大麦、小麦、粟等粮食经发酵糖化而制成的，这个糖是真正属于咱们老百姓的，祭灶用的关东糖，就是用饴糖做的。

您可别小瞧饴糖，就这个，搁旧社会，也不容易买到呢。大商店里的糖，老百姓买得起吗？只能找那种走街串巷卖糖的人买。这种人，一般老头居多，挑着一个挑子，手里摇着个拨浪鼓。搁过去，这种人叫"换糖的"，或者叫"打糖锣的"，到了上海，叫"换糖担"。他这挑子，一共俩筐，头一个筐里搁的都是杂货，什么玻璃球啊，哨子啊，鬼脸啊，针头线脑啊，乱七八糟一大堆。另一个筐里呢，弄一铁板，铁板上搁着一大块麦芽糖，跟一大块发面饼似的。换糖的一进了胡同，就摇拨浪鼓，"噔噔噔，噔噔噔，噔噔噔噔噔"，两短一长，您一听，就知道换糖的来了。

一听换糖的来了，妇女们就把家里不要的旧货、破烂都拿出来，好去换点儿蛤蜊油之类的杂货。小孩儿们的目的就更单纯了，就是奔糖去的，什么旧牙膏皮啊，破衣服啊……反正能找着的破烂，都拿出来，好跟"换糖的"换糖吃。这换糖的呢，要拿出一个小铁片来，铁片的一头是锋利的刃，这叫作"糖铲"，把糖铲插到这块麦芽糖上，再拿一小锤，对着糖铲的背面梆梆一敲，敲下一小块糖来，再递给孩子。

这麦芽糖都得拿小锤敲了，可想而知，它得有多硬。可是那会儿的孩子们能吃上这糖，就已经高兴得不行了，搁嘴里嘬着，一点点地咂摸那点儿甜味儿。

还有一种卖糖的也比较常见，就是戏园子里头的"糖果案子"。所谓糖果案子，就是戏园子大门里头支着的一个大案子，上头摆着糖块、瓜子、水果，就跟现如今剧场里的小卖部似的。可是等戏开场了，观众都专心看戏了，谁还跑过来专门买零嘴呀？小商小贩就把这些零食，搁在一个三层的箱子里，挎上，满园子乱串。箱子里都有什么呢？瓜子、核桃粘、糖豆、梨膏糖……这些挎着箱子乱串的人，叫"卖杂拌的"。您想，您这儿看戏看得好好的，旁边老有这么一位，一边吆喝一边来回转悠，多闹心啊！得，只好抓一把糖豆，叫他赶紧走。

这么一来，这卖杂拌的就挣着钱了。要是能找着带小孩儿的观众，那就更好了，卖糖的凑过去，抓一把糖豆，愣往人家孩子怀里塞。大人没辙，只好掏钱。

还有一种卖糖的，也爱挎着个箱子，到处走街串巷，这就是卖药糖的。您要常听我们德云社的相声，准知道这个职业。药糖长什么样呢？这东西，搁北京叫"砂板糖"，其实就是拿冰糖跟白砂糖熬的糖块，制作工艺很简单。但是这糖里头搁了各种药材，什么丹参、川贝、木香、薄荷、甘草、山药、仁丹，一般人有个咳嗽痰喘啊，胸闷心悸啊，吐酸水啊，就买块药糖含着。您说真管事儿吗？也不见得，它主要还是以零食的形式存在。

您别瞧卖药糖的赚的是一毛两毛的零钱，过去卖药糖的人里头，还真称得上"英雄辈出"。比如说北京天桥"八大怪"之一的"大兵黄"，就是卖药糖的。不过他这药糖本身没什么出奇的，大伙儿去他那儿买药糖不是为了糖，而是为了听他骂街。大兵黄是个大高个儿，一般就在公平市场南边出摊，每天往那儿一站，骂韩复榘，骂张宗昌，逮谁卷谁。他嘴里这"胡卷"就是他的特色。他的药糖，要两大枚一包，比别人贵，那也老有人买。

天津也有这路英雄好汉，而且种类比北京多。有的，是武把式兼卖药糖，您比如说在天津"三不管"①，过去有杠子名家曹凤鸣，玩儿"盘杠子"。杠子，有点儿像今天这单杠，俗称"五根棍"。这帮盘杠子的就在大街上做各种表演，一边表演，一边卖药糖。还有说故事卖药糖的，这帮人与其说是卖糖的，不如说是艺人，主要靠说故事卖糖。他站那儿，给您说个"三国"，说个"水浒"，或者说点儿别的什么"邪行事儿"。说着说着，突然不说了，把您搁旱岸上了，怎么办呢？麻利地掏钱买两块糖呗，他们就是这么卖糖的。

别瞧这是个小买卖，卖药糖也有它的规矩，最大的规矩，就是必须得干净。有的人呢，是挎一个上下三层的玻璃盒子，当坐商。谁来买，

---

① "三不管"是天津旧时著名的摊贩市场与曲艺、杂技、戏曲表演场，与北京天桥齐名。

他拿一个电镀的大镊子，给人夹出糖来。后来那走街串巷卖药糖的，也都弄一个大玻璃瓶子，斜挎着背在身上，瓶子的盖是铜的，只能打开一半，瓶身上还缠着小灯泡，一打开五颜六色的。不管您平常在家怎么邋遢，但凡出来做买卖，就得洗得干干净净的，换上一身干净行头，挽着袖口，谁买糖，您就拿个大夹子给人家把糖夹出来。药糖不能过手，这是这一行的规矩。

天津人爱吃糖，市面上出售的糖种类也很多，除了药糖，还有豆根糖、酒心糖、琥珀果仁、拔洋糖、麻酱糖、酸末糕糖、大梨糕、嘣罗蜜……您比如说这豆根糖吧，在天津特别常见，我们时常开玩笑说它是"逗哏糖"，这种糖是用黄豆面和砂糖做的。黄豆面粉炒热了以后，加上糖料一压，这就是豆根糖。这种糖其实不怎么甜，但是挺有嚼劲，怪好吃的。另外，天津还有一种特殊的甜食，也算是糖的一种——小碗抹酱。这东西看着就跟那蛋筒冰激凌似的，蛋筒皮里头裹着酸末糕。所谓酸末糕，就是把酸枣碾压成面做的糕状物，再和上冰糖、黑糖，里面再加点儿杏肉、话梅肉，滋味儿很特别。

一提起民间这些糖，我这话就多了。生活在京津两地或是河北、山东一带的朋友，可能都见过吹糖人的。据说吹糖人这一行也有他们的祖师爷，谁呢？刘伯温。

话说大明朝朱元璋得了江山，就起了"炮打庆功楼"的心思——他要造一座庆功楼，把开国功臣都请来喝酒。名为庆功，实际上呢，楼下安排好硫黄火药，酒过三巡，皇上就要一把火把楼点了，把这些功高震主的老臣们都一网打尽。

这事儿骗得了别人，骗不过刘伯温。刘伯温多鬼啊，别的功臣们个个喝得酩酊大醉，只有刘伯温的眼睛老瞅着朱元璋。眼看朱元璋站起来要走，刘伯温明白：这是要动手了！赶紧跟在皇上身后溜了出来。

出门一看，庆功楼下有个吹糖人的老头，刘伯温眼珠一转，把自己身上的衣服脱下来，跟老头换了衣服穿，又买下他的挑子，打扮成这吹糖人的老头模样，脚底抹油跑了。

皇上不知道他跑了呀，接着炮打庆功楼，庆功楼附近一片火海，穿着刘伯温衣服的老头也被烧死了。朱元璋一看，嘿，刘伯温啊刘伯温，你聪明一世，到底也死在我手里了！其实呢，刘伯温早跑了，而且从此隐姓埋名，走到哪里都假装自己就是个吹糖人的。

之前那些吹糖人的手艺人，吹的糖人都特别简单，没有什么像样的花样。刘伯温多聪明啊，干什么都爱琢磨，他吹的糖人，花样就多了，今儿吹个小猫小狗，明儿吹个小牛小羊，孩子们一看，嘿，这个好，以前没见过，刘伯温的糖人生意就特别好。就这么着，刘伯温就成了吹糖人供奉的祖师爷了。

当然了，这是民间传说。其实早在宋朝就有吹糖人的了，而且他们的作品种类还不少，有吹"稠糖葫芦"的——葫芦形状的糖，也有吹"糖麻婆子"的——丑丫头模样的糖，类似的作品还有"糖宝塔""糖龟儿""糖官人"等等。

到了近代，哪儿吹糖人的多呀？河北。河北肃宁县过去有个"糖人村"，一个村子，几乎家家都会吹糖人，这个村的村民经常游走于京津两地，靠卖艺为生。别人家点火，一般烧的都是木炭，人家这"糖人村"不是，烧锯末。用锯末烧火有什么好处呢？它的火焰温度没那么高，烧糖的时候也不会冒出特别多的烟。给糖人上色，别的地方都用水，人家这儿用二锅头，这样糖人上了色以后色彩特别鲜艳，维持的时间也会比较长。

一般那些吹糖人的，无非就是吹个小老鼠、小金鱼、小灯笼、小葫芦什么的，顶多来个孙悟空。但是人家真正会吹的，吹出来的花样就多了，同样是孙悟空，人家会在孙悟空后背上敲一个洞，把糖稀倒进去，然后再在猴屁股这儿开个洞，糖稀就从这个洞里流出来了，食客可以嘬糖稀吃，这叫"猴拉稀"。其他的动物也能吹，什么马、羊、龙、凤，样样俱全。我还见过吹"小老鼠吃西瓜"的，西瓜上有个豁口，小老鼠这脑袋，顺着这豁口，钻到西瓜里面去，西瓜里面还有几粒黑芝麻粒，就跟瓜子似的。这也是一种绝活儿啊！

还有画糖画的。糖画又叫"糖饼""糖影"，它跟糖人不一样，糖人是立体的，糖画是在石板上画的。据说糖画起源于明朝的"糖丞相"，相传"糖丞相"本是用来祭祖的供品，后人受皮影戏的启发，把红糖或白糖化成糖水，拿铜勺做画笔，在石板上画出飞禽走兽、花鸟鱼虫，那模样栩栩如生，真叫人拍案叫绝。

后来，年头长了，糖画就慢慢自成一派了。卖糖画的也有他们的规矩。首先，不是您想要什么，人家就得给您画什么。人家这挑子里头，搁着一个转盘，盘子里有一根指针，能转。他能画的这几样东西，都已经提前画在了转盘上，什么关公、大龙、大公鸡、葫芦，应有尽有。您要买糖画，先得转这指针，指针指向哪个动物，就给您画哪个。

这就有点儿摸彩的成分了。您想啊，您运气不好，转着一个"糖饼"，那他就好办了，唰啦摊一圆圈，得！拿着吃去吧！要是您手气旺，转出一个"一百单八将"来呢，那也行，您就先回家吧，今儿是吃不着啦，怎么不得摊开画上一礼拜啊！

当然这是玩笑话。一般来说，糖画里画属相的居多，比如说，您要是属牛的，他就给您画一牛，您属猴的，就给您画一猴。卖糖画的往往还兼着收废品的买卖，孩子们可以拿旧牙膏皮去换糖吃。真有那败家孩子，家里没有旧牙膏皮，怎么办呢？他挤整管的牙膏，把一整管牙膏都给挤没了，就拎着牙膏皮换糖来了。您琢磨，这回去能不挨打吗？可是对孩子们来说，挨打也值。

糖画买到手里，孩子们且不吃呢，先得玩儿，耍够了，玩儿够了，才一点点地咂摸那点儿甜味儿。比如说，人家给画了一个宝剑，小孩儿吃的时候，那必然得一边吃一边喊："看！吞剑了啊！"说着上身往后一仰，"啊"的一声，把糖宝剑往嘴里送，就跟卖艺的表演吞剑似的。

再比如，人家要是给画了一个寿桃，您再看那孩子，立刻就扮上猴了，一边挤眉弄眼，一边吃这糖画。嗐，自己哄自己玩儿呗。

您要是去了上海，一定听说过著名的老城隍庙"梨膏糖"。卖梨膏糖的也攀了一个祖师爷——唐朝的魏徵。据说魏徵的母亲身体不好，常常咳嗽气喘，魏徵就拿梨汁配上杏仁、川贝、茯苓、橘红，熬成膏，给他的母亲吃。魏徵的母亲一吃到梨膏，也不咳嗽，也不喘了，打这儿以后就跟好人一样了。这一听啊，就是故事。那梨膏糖到底是怎么来的呢？据说到了明朝，卖梨膏糖这个行业已经被列在三百六十行里了。到了清朝咸丰年间，上海老城隍庙旁边开了上海第一家梨膏糖店。这糖做起来挺麻烦，除了梨汁，还要放上杏仁、桔梗、茯苓、半夏等十几种药材，加上白砂糖，慢慢熬制而成。您要是赶上咳嗽、胸闷、气喘或是食欲不振，不妨弄点儿梨膏糖吃，对身体好。

卖梨膏糖也有讲究，有"文卖"，有"武卖"。"文卖"的吆喝有点儿意思。据说当年有一位叫卖梨膏糖的好手，名叫张银奎，擅长现场做梨膏糖，边做边吆喝。按说呢，得用上海话说这个，但是怕好多人听不懂，咱就大概其写几句——

"一包冰雪调梨膏，

二用药味重香料，

三（山）楂麦芽能消食，

四君子能打小囡痨[1]，

五味子玉桂都用到，

六加人参三积草，

……"

就这么着，一句一句，一直要唱到"十全大补有功效"，整个叫卖过

---

[1] 小儿咳嗽的意思。

程就跟一出戏似的。

这还是"文卖"，您要是去看"武卖"，比这个还热闹。上海武卖梨膏糖的，最有名的，叫"吃得灵"和"小得利"，这帮人往街上一站，什么都唱，唱当时的时事新闻、唱京剧、说《济公传》，一边说一边卖糖，热闹极了。

其实啊，咱们中国地大物博，每个地方都有属于自己的特色甜食。您比如说安徽，就出产一种著名的酥糖"龙须酥"。当然，这东西现在是哪儿都有，西安的龙须酥也很有名。龙须酥做起来挺简单的，把麦芽糖化开，放在案子上来回搓它，再放在糯米粉里拉，把糖拉出丝来，这就是龙须酥。为什么叫"龙须酥"呢？有人说这是正德皇上给赐的名，有人说这是雍正皇上给赐的名，其实压根儿没这么回事儿，这就是大家给自己喜爱的民间小吃贴金的一个说法。不过，这东西也是有的爱有的不爱，爱的恨不得天天吃，不爱的碰都不碰，因为它吃起来怪黏嘴的。您要不习惯吃这个，一不留神，上下牙床子就粘一块儿了，甭说张嘴说相声，喘气都费劲。

到了江西呢，有"冻米糖"，这是拿糯米、麦芽糖、茶油、红柚丝、桂花这几种东西做的。但是这种糖工艺非常复杂，光是准备"冻米"，就够您折腾半天的。您要是不爱吃冻米糖，可以去湖南凤凰尝尝"姜糖"，姜糖呈淡黄色，远远一看就跟腐竹似的，吃起来特别酥脆，味道浓郁香甜，还微微带着点儿姜的辣味儿。

　　您要不乐意吃国产的糖，还可以尝尝舶来品——巧克力。巧克力是清朝康熙年间进入中国的。经历了这么多年，国内也有好多美味的巧克力了，您可以上天津起士林尝尝他家的大板巧克力，还有他家的咖啡糖，那都是出名地好吃，而且还不贵。

　　不过，咱今儿必须得说清楚了，吃糖这事儿啊，您还真得悠着点儿。过去老百姓吃不上什么好东西，但凡吃着块糖，都觉得可甜可甜了。现如今呢，咱生活好了，这日子本来就够甜的，再吃多了糖，您准得齁着。小孩儿吃多了糖，对牙不好，容易长龋齿。大人糖吃多了，容易得糖尿病。所以，咱们吃糖的时候首先得保证健康，身体要是出点儿事儿啊，您吃什么都不觉得甜了。

十三

才吃论

葱烧海参葱烧海参，葱很重要，您以为这道菜吃的是海参
吗？错啦！有一多半人是冲着葱来的！

现在有的餐厅啊，菜做得不怎么样，可那菜名起得真是有创意！有
的馆子，服务员一边上菜，一边给您报菜名："给您上一道我们这儿的名
菜——'苍蝇头'！"

这菜名是不是就能把客人吓一跳？什么菜叫"苍蝇头"啊？仔细一
瞧，原来是豆角炒皮蛋。豆角、皮蛋都切成碎丁一起炒，不仔细看，就
跟炒了一盘苍蝇似的。可是听见"苍蝇头"，谁还吃得下去啊？

身边也有孩子告诉过我："饭馆这些菜还不叫怪。您知道全天底下哪
儿的菜最怪吗？大学食堂！那才叫惨绝人寰呢。"

咱不知道什么意思，就问："怎么个怪法啊？"

孩子说："这么跟您说吧，有一大学食堂，出了一道新菜，叫'青龙
出海'，您猜是什么？"

我说："不知道啊。"

孩子说了："我要是不跟您说，您一辈子也猜不出来。青龙出海啊，就是一整根黄瓜，湛青碧绿，一刀都不切，直接跟大葱炒一块儿——这就叫'青龙出海'。"

说完，还拿出手机给我看照片，我一瞧，可不是吗！一个大盘子里头堆满了整根的黄瓜，往大葱堆里一躺，就跟一盘子手榴弹似的。

您别说，现在好多饭馆、餐厅，都存在这种现象，跟以前我们相声行业的情况倒是有点儿像——好多人不尊重传统，胡创新、瞎创新。这些"创新菜"听着挺唬人，可真下筷子一尝，好嘛，要多难吃有多难吃。

中国菜有中国菜的规律，其实中国古代也有好多特别刁钻古怪的菜，不过人家那个"怪"，不是瞎做一通，再胡乱起个名字。这些"怪"菜，做法奇怪，吃起来古怪，但您要是仔细研究这些菜的做法，您就能看出来，它还是有它存在的道理的。

咱举个例子啊，比方说，爆炒冰核。

冰核，北方的朋友应该都知道是什么玩意儿，说白了就是冰块。过去在北京、天津大街上，就有卖冰核的，尤其是夏天，您走在大太阳底下，嘴里含着个冰核，嘎巴嘎巴一嚼，打心眼里痛快。可是这冰核，说到底，它就是水呀！这东西能爆炒吗？搁热锅里炒冰？那还不化喽？

您别说，还真有人能爆炒冰核。

爆炒冰核，要问这东西的起源，据说能一直追溯到清朝那会儿。清末，天津北大关这一带，有一饭馆，具体叫什么名，现在可没法考证了，传说爆炒冰核，就是这家馆子发明的。

旧社会那会儿，想开个饭馆，可难了！别的甭说，地面上这些关卡，什么衙门口啊，黑社会啊，那钱都得给人家使到了。但凡有一路神仙没伺候好，您就等着吧，准能给您唱两出邪的。

单说天津北大关这家饭馆，眼瞅着要开张，掌柜的算计来算计去，到底还是算漏了一个，谁呀？衙门口的"便衣队"。忘了打点人家了。

那位说了："清朝有便衣吗？"有啊，清末已经有了。这帮人正式的名字，应该叫"暗巡"。想当初，袁世凯为了执掌天津，专门在保定府训练了三千巡警，有马巡，有河巡，还有就是这暗巡。饭馆掌柜的打点这个、打点那个，方方面面都想到了，唯独把便衣队这帮大爷给忘了。结果到了开张这一天，便衣队的人就裹乱①来了。大门外头进来俩人，往大堂里一坐，辫子往背后一甩，面沉似水，从牙缝里蹦出俩字："点！菜！"

小伙计一看，好家伙，来者不善！赶紧走上前来，一边归置桌子，一边讨好客人："哟！二位爷来啦？小人伺候二位爷！用点儿什么您？"

"你们这儿……刚开张吧？"

"可不是吗，刚开张。往后啊，还得多靠各位爷照应，小人好有口饭吃。"

"行了行了！别废话！你们这儿有什么可吃的啊？"

"回二位爷，咱这儿各种炒菜都有。头儿们也有几样拿手的，您看，用不用小人给您唱唱？"

---

① 搅乱，捣乱。

"得啦，别费劲了，我单'想'一个吧，来个'爆炒冰核'！"

您说，这二位要吃爆炒冰核——大冰溜子下锅炒？"那玩意儿怎么炒啊？这不是难为人吗？"小伙计心里不禁嘀咕，犯难了。

这两便衣可不干了，当场就要掀桌子："怎么着？做不了是吗？跟你说啊，叫后面赶紧给我们做！知道吗？我们身上可都有公事，一会儿要耽误了公事，你们可等着！"

小伙计一看不好，答应一声，扭头就往后面去，跟掌柜的说了来龙去脉。掌柜的一听：爆炒冰核？没听说过呀！他怎么不要个清蒸云彩、麻辣旋风呢？不过，在那个年代，能当饭馆掌柜的主儿，多半也不是一般人，都得是在街面上混了多少年的机灵人。掌柜的心里明白：今儿这两人来自己店里点爆炒冰核，就是故意找碴儿。他要的这菜，您要是能做出来，您这馆子从此扬名立万，他能出去给您吹去。您要做不出来，人家砸您的馆子，您还得给人家赔礼道歉。

掌柜的有经验，就告诉小伙计："你去跟他们俩说，这菜慢，让他们二位稍候。"自己进了后厨，把这事儿跟各位头儿说了："人家要吃爆炒冰核，怎么办呢？"厨房里有一位姓祁的大师傅，人家把这差事揽下了："没事儿，我做吧。"

这儿多说一句，现在好些电视剧都爱拍餐饮业的故事，不过剧里那些大师傅都太贫了，一个一个都跟说相声似的。其实在旧社会，掌灶的师傅没有话多的——累都快累死了，还有精神头要贫嘴吗？

那这爆炒冰核到底怎么做呢？说容易也容易，就是抓炒的路子。做冰核，必须得用大块的冰，现砸。砸成一个个核桃那么大的块，还得尽量圆，见棱见角不行，有棱角的话，在锅里就滚不起来。砸冰的时候，旁边搁一盆团粉，每砸出一个合格的冰核来，马上滚上团粉。另外呢，多准备鸡蛋，鸡蛋清不要，就留蛋黄，加盐，打成蛋糊。滚完团粉的冰块，再搁蛋糊里上浆。这边上着浆，那边就把油锅烧到八成热，然后，找一大个儿的漏勺，把这些上完浆的冰块往漏勺里一搁，下油锅里"嗞嗞"这么炸两下，就行了！然后拿出来控控油。接下来是调汁，白糖、鲜汤、白醋、麻油搁到一起，调得香喷喷的，再把炸过的冰块搁炒勺里，下料汁，加点儿油，搁几根香菜，这就成了，装盘上桌！

便衣队俩小子还跟那儿等着呢，菜上了桌，俩人有些吃惊，没想到嘿！人家还真给端上来了！再往盘里一瞅，金黄金黄一盘丸子。得，尝尝吧！下筷子夹起一个来，往嘴里一搁，挂汁味儿还不错，嘎巴一咬，里面的冰还没化呢。俩小子一看，这还能说什么？人家真是油炸的冰核。嘎嘣脆！得了，认栽吧！二人把筷子往桌上一撂："好！好！"说了两声"好"，扭头就走。

那位说了："还没给钱呢？"

嘻，要什么钱啊？没闹起事儿来就挺好的。

后来，天津会芳楼出了一位名厨，叫穆祥珍，此人特别擅长做油炸冰核。慢慢地，东北、济南好多酒楼，也都学会了这个菜的烹饪方法。甚至还由此发展出一样新吃食——油炸冰激凌，现在好多地方还有卖这个菜的。

"爆炒冰核"这个菜，其实是被人逼出来的。过去这种"要缺儿"要出来的菜，还真不少。再给您举个例子：箱子豆腐。

箱子豆腐的做法也挺奇怪的。先炸豆腐块，炸完了，在豆腐块上面横着切一刀，不能切断啊，开出一个"盖"来就行。然后拿小勺，把里面的嫩豆腐都挖出来，做这么一个豆腐箱子，再往箱子里填馅——用玉兰片、口蘑、菠菜做的。填完了馅，起锅烧油，把大料、姜片、葱段下到锅里焓炒，然后倒酱油、料酒，弄这么一碗清汤，浇在豆腐块上，再把豆腐块蒸熟——这就叫"箱子豆腐"。

除了这种逼出来的菜，有的厨师会挖空心思创新，做出一些不常见的菜。但是这些创新菜，是经过深思熟虑，在参考传统中餐的基础上做的创新。这样弄出来的菜，它就是好吃。

您比如说，把鱼肉和羊肉做在一起的菜，它就属于这种创新。这种菜各处都有，苏菜里面有一道名菜，叫"羊方藏鱼"。到了安徽呢，徽菜也有类似的这么一道菜，叫"鱼咬羊"。

"鱼咬羊"是怎么来的呢？这儿有个故事。据说当年有个人赶着羊，打算坐船过河。没想到，船小羊多，走到半道，打船上"扑通"一声，就挤下一只羊去。羊不像狗，它不会游泳啊，扑腾几下就沉底了。这下河里的鱼可高兴了："哟，下来这么大一只羊？这是老天爷疼咱们呀。"就把这羊给吃了。

吃饱了羊肉的鱼，自己也撑得游不动了，结果被下游打鱼的渔夫一网打尽——这就叫鱼羊相争，打渔的得利。打鱼的把鱼拿回家一炖，嘿，这叫一个鲜！从此，就有了这道名菜，叫"鱼咬羊"。

当然，这只是个故事，现实里哪儿有这么巧的事儿？"鱼咬羊"也好，"羊方藏鱼"也好，传说这些菜的前身，是早年间的创新菜——"鲜炖鲜"，也是一道将鱼和羊炖在一起的菜。后来，由这道菜演化出鱼咬羊和羊方藏鱼，一个是鱼里塞羊肉，一个是羊肉里藏鱼。

传统的鱼咬羊怎么做呢？一定得用鳜鱼，收拾鱼的时候，不开膛，拿一根筷子，插到鱼肚子里，把鱼的内脏拿筷子给卷出来，弄干净以后，搁到一边备用。

羊肉呢，得选腰窝肉，拿开水烫一下，再搁上白糖、绍酒等十几样调料，炒个八成烂，然后全塞到鱼肚子里。起锅，烧大火，下猪油，烧到六成热，给鱼身上刷点儿酱油，两面煎一下，然后搁砂锅里炖，这就是"鱼咬羊"。这菜，那真是当得起一个"鲜"字。当然，有的人做这个菜的时候，鱼里面塞的不是羊肉，是羊肉馅，最后也不是拿砂锅炖，而是把鱼用锡纸裹上，再放火上烤，味道也特别棒。

还有的创新菜，是因陋就简的产物。比如说，有一道菜，您吃着觉得特别美味，可是原料太贵，没办法天天吃，怎么办呢？创新吧！

这类菜里，有一道特别有名的，就是"焖葱"。

"焖葱"是大学问家王世襄先生特拿手的一道菜。王世襄先生，好些人都知道，大玩家，而且会做菜。据说有一回，几个朋友会餐，规定每人自己备料，亲手做一个菜给大家吃。结果王世襄先生提着一捆葱来了，做了一个"焖葱"，把所有的菜全比下去了。从此以后，江湖上就传开了：王老有一道拿手菜叫焖葱，绝了！

越传越神。好些人就纳闷：怎么焖葱呢？这菜是怎么做的呢？

这事儿过了好多年，也没个定论。一直到20世纪90年代了，大伙儿才弄明白"焖葱"到底是个什么东西。闹了半天，这东西一点儿都不神秘，就是海米烧大葱。

这道菜具体怎么做呢？简单。准备好海米，加上水或者酒，把它发了。然后，加入酱油、姜末、盐、味精、料酒，调成一碗汁，再把大葱的葱白部分切成段，下到温油里头炸，炸软以后捞出来，码好了，再跟调味汁一块儿下到炒锅里烧一下，入了味儿，再拿出来装盘，这就是所谓"焖葱"了。

为什么要发明这么一个菜呢？闹了半天，王世襄先生和他这些老朋友们，都爱吃一道菜——葱烧海参。您要是听过我说的《济公传》，您就知道，济公也爱吃海参，动不动就弄一身汤。葱烧海参当然好吃啊，但它可不便宜。这海参啊，能拿来做菜吃的，有二十几种。京城一带做葱烧海参，跟山东馆子的风格不太一样，不用刺参，用的是梅花参。这种海参肥实，好煨汁。做葱烧海参，关键是发海参这一步，发得好了，海参吃起来非常弹牙，那才是好参。发好海参以后，还得泡海参，您得在泡海参的水里，滴上几滴白醋，一直泡两个多钟头，这是为了去除海参的腥味儿。

泡完了还不算完，大油里放上葱姜段，加高汤熬开，再用这高汤泡这个参，一直到海参入味儿了，才能做菜。

葱烧海参葱烧海参，葱很重要，您以为这道菜吃的是海参吗？错啦！有一多半人是冲着葱来的！大葱，必须得选章丘的大白葱，把它切成段，配上姜片、蒜片、桂皮、香叶、香菜根，搁锅里用大油炸，把大葱里的葱油都给爆出来。

这些准备工作都弄完了，就可以正式开始烧菜了。真正"烧"起来其实很快，先下热油炒糖色，再加入海参，锅里下入高汤、姜汁、冰糖、酱油、料酒，稍微一翻炒就可以了，然后浇上两勺炼出来的葱油，收汁、勾硬芡，最后码上大葱，这就算齐了。

但是这菜贵啊！您想，海参多少钱一斤啊，尤其过去生活水平低，家里买斤肉、买斤鸡蛋还得凭票买呢，到哪儿弄海参去？所以王世襄先生就自己琢磨出一个"焖葱"，也就是这海米烧大葱。但焖葱这道菜，如今也失传了。因为当年王先生做菜用的那个葱，是"京葱"——北京地区特有的一种葱。而且还非得选霜降之后、上冻之前，从地里起出来的大葱。这葱在地里经过霜了，才会特别脆嫩。为什么现如今做不了这道菜呢？因为时代在发展，社会在进步，现在大家吃的大多是山东出产的大葱，京葱已经很少有人种了。"焖葱"这菜，也就成了绝响。

十四

厨娘论

厨娘做的菜，是咱老百姓轻易吃得起的吗？

这个福咱们可受不起，饿了叫个外卖，我看就挺好！

有朋友问我："您说，这当厨子的，都是老爷们儿吗？有没有女孩儿去当厨子啊？"

有啊，太有了。古时候，有些官宦人家就爱用女厨师，好多大户人家还不乐意用男的呢。今天老郭就来写写关于厨娘的故事。

厨娘最早是什么时候有的呢？有人说："汉朝就有了。"

哪位啊？

卓文君呗。您想，司马相如不是娶了卓文君了吗？卓文君为了养家糊口，抛头露面，"当垆卖酒"。您就琢磨吧，谁喝酒不得来点儿下酒菜啊？哪怕就是煮个毛豆，炒盘花生米，总得有口吃的啊。既然需要整治下酒菜，那卓文君难免就有自己下厨房的时候。赶上今儿高兴，得嘞！不用厨子啦！自己系上围裙，跑到后厨炒俩菜。那不就是厨娘吗？

那要是按这个逻辑推理，但凡下过厨的妇女同志，不都能算成厨娘了吗？这个标准也忒低了。旧社会，妇女同志出去上班的少，很多人一辈子都是只管操持家务，"炕上一把剪子，炕下一把铲子"，谁还不会炒俩菜啊？要这也算厨娘，那天下的厨娘可太多了。这不能算数，咱们要写，就写那些有绝活儿的女同志，写那些专业的厨娘。

先讲讲一个唐朝的厨娘。

这位厨娘的雇主是一位唐朝的宰相，姓段，叫段文昌。段大人在历史上小有名气。据史书记载，这位段大人有个特殊能力——求雨。据说段大人当节度使的时候，只要遇到旱灾，老百姓们就会去找段大人："大人啊，今年天旱，地都干得裂大口子，您看您哪天有空，给求个雨吧？"

段大人就说："啊，没问题，都交给我了。"然后挑一个良辰吉日，把玉皇大帝的牌位摆桌上，自己跪地下，念念有词，叨叨叨，叨叨叨，念得没完没了。您就等着看吧，多咱他念完了，那雨哗一声就来了，据说百试百灵。

当然，人类不可能拥有呼风唤雨的能力，用咱们今天的眼光看，兴许是段大人懂一些气象学知识，专赶着下雨的日子念咒呢。

不过，段大人出名的原因，主要还是"爱吃"——人家那是真爱吃，而且吃得是真讲究。在人家段大人家里，厨房是个很神圣的地方。段府的厨房门上挂着个牌子，上头写着三个大字——"炼珍堂"，意思就是"制造珍贵饮食的地方"。这还是平常段大人在家的时候，要是他出差在外，那就更厉害了，甭管走到哪儿，段大人都得找个能生火做饭的地方，改造成自己的临时厨房。别看只是临时厨房，门口也挂一个小牌子："行珍馆"，意思就是"移动私人厨房"。好家伙，您看人家这谱摆的，大了去了。

有人就问了："段大人对厨房都这么认真，他的日常餐饮，肯定也得由专业人士负责吧？"

说对了。

段家炊事班的总负责人，就是我们要写的这位厨娘，史书上没记载她的真名实姓，但给这位女士起了个特霸气的外号——"膳祖"。膳祖，翻译过来就是"做饭的老祖宗"。您说威武不威武？

说到厨娘，您可别先入为主，以为人家是个大姑娘。不是啊！人家段府这位厨娘是个五十多岁的老太太，进段府之前，就已经是个经验丰富的老厨子了。段大人有个儿子，这位的知名度可比他父亲高多了，他是著名的小说家和诗人，名叫段成式。您要是听着耳生，可以去查一查《酉阳杂俎》，这本书就是段成式写的。关于膳祖的故事，基本上都记载在《酉阳杂俎》中。

据说，段文昌段大人请到了这位膳祖膳大姐，嗬！可了不得了！俩人是相见恨晚哪。您说是"珠联璧合"也好，说是"臭味相投"也罢，反正一个是顶级厨子，一个是顶级吃货，这俩搋着膀子互相这么一提高，您琢磨吧，那效果能不好吗？

膳祖的手艺能有多好呢？别的咱不说，单说她对食材的挑剔劲。比如说挑竹笋，膳祖只要笋尖，剩下的全部扔掉。而且选出来的笋尖，还得先拿素汤煨一遍，再拿荤汤煨一遍，最后用清汤煨一遍，一共要煨三遍。煨完三遍，还不能用，还得把笋尖上的纤维一根一根地剔掉，只留下笋肉，这才能拿来做菜。

这还只是挑素菜，要是做荤菜呢，那就挑剔得更细啦！他们家吃鸡，对鸡的毛色、个头、生长时间都有要求。未成年的小鸡怎么吃，成年的大公鸡怎么吃，老母鸡怎么吃，都有不一样的做法，那是真会享受！

有人就得问了："别老说备料了，这位厨娘到底会做什么大菜啊？"

膳祖大姐有一道拿手菜——"翡翠冻鸡"。

怎么做呢？首先选一只整鸡，煮透了之后捞出来。煮鸡的鸡汤可不能倒，留着，待会儿还要用。把捞出来的整鸡，用油布严严实实地裹上，再找根绳，把包好的鸡五花大绑，捆得紧紧的，然后放到水井里，让冰凉的井水"拔"这个鸡肉。拔到鸡整个冰凉冰凉的，再捞上来，拆掉骨头，单留下冻鸡肉。

刚才那锅留下备用的鸡汤，您还记着吗？这汤可别倒！您往这汤里加点儿猪大骨、羊蹄、葱姜蒜什么的，小火慢炖，炖上整整四个钟头，用纱布滤掉锅里的渣滓，把剩下的清汤跟挤好的菠菜汁兑在一块儿，调匀了。然后，把冻鸡肉下到汤里，这汤是滚热的，这鸡肉却是冰凉的，两样东西放在一起，自然而然就凝结成了鸡肉冻。上桌的时候，改几刀，做点儿造型，这菜就算成了！您别忘了，汤里头有菠菜汁啊，所以冻出来的鸡肉冻是翠绿翠绿的，这就叫"翡翠冻鸡"。您听听，这么刁钻古怪的菜，要不是成天琢磨吃的主儿，想都想不出来这主意。

一般来说，厨娘发明的菜都有个共同的特点，就是做法特别新奇，可能是因为女性普遍比较细心。比如说，历史上还有一道厨娘发明的菜，名气很大。这是什么菜呢？"宋五嫂鱼羹"。

也有人管这道菜叫"宋嫂鱼羹"。发明这菜的人，据说是宋朝的一位厨娘，人称"宋五嫂"。据说宋五嫂本来住在汴梁城里，后来赶上靖康之变，汴梁被金兵团团围住，好多老百姓害了怕，拉家带口地往南跑。宋家人也不敢留在汴梁，全家老小都逃难到了临安——今天的杭州，宋五嫂就在西湖钱塘门外，开了一家小馆子。

又过了好些年，宋高宗赵构老了，把皇位让给了儿子宋孝宗，自己当太上皇。工作交接完毕，宋高宗就算是彻底退休啦。一个退休老干部，您说他能干吗去？揣着老年证到处逛呗！据说有一天，太上皇坐船在西湖上乱逛，逛到钱塘门外，龙胃受不了了，饿！可那会儿也没外卖呀，怎么办呢？太上皇就叫人："去，下船买点儿东西给朕吃！"

正好，宋五嫂的小馆就开在这儿，宋五嫂手搭凉棚远远一望，嗬！哪里来的官家！好大排场啊！可不是吗，您想，那是太上皇，皇上的爸爸，那架势小得了吗？

宋五嫂一看，心想：这么大场面，绝不可能是旅行团，起码也是个王公公子。机会难得，我得好好巴结巴结！于是宋五嫂亲自下厨，精心做了一道鱼羹，托人往龙船上送。

鱼羹端到皇上面前，太上皇一吃，龙颜大悦。

"哎哟喂！有点儿意思啊这个，真香！"

得了，一高兴，太上皇决定给这道鱼羹赐个名字，宋五嫂做的，那就叫它"宋五嫂鱼羹"吧。

这一下了不得了，太上皇亲自赐名，宋五嫂的小馆子一下就火了。

当然，这只是个故事。您想啊，皇上出门吃饭还得自己花钱买啊？安保部门也不能干啊，万一有人下毒，刺王杀驾，怎么办呢？

"宋五嫂鱼羹"的来历还有另外一个版本。有人研究了，就发现，在宋朝，尤其是南宋时期，宫廷中确实经常雇用女厨师。发明鱼羹的这位厨子，据说就是南宋初年一位很有名的厨娘，宫女们都管她叫"五娘子"，传来传去，这位宋朝的"五娘子"就变成"宋五嫂"了，她的这道鱼羹的做法流入民间，就成了"宋五嫂鱼羹"。《梦粱录》这本书里也记载过"宋五嫂鱼羹"，说明这道菜肴在当时已经是很普遍的家常菜了。

这"宋五嫂鱼羹"到底是怎么做的呢？有后人复原了这道菜，说是得用鳜鱼切丝，然后倒入料酒、盐，再用蛋清上浆，把浆好的鱼丝，跟香菇丝、嫩笋丝、火腿丝、生姜丝、葱丝一起下热锅，炒透。之后，再下鲜汤、盐、水淀粉，一熬，就成了。

当然了，这是后人琢磨出来的菜谱。至于南宋老百姓当时怎么做这道菜，咱们也无从得知。晚清时，有位大文人，俞曲园先生，就是大学问家俞平伯的曾祖父，他就认为这个做法不对。俞老先生认为宋五嫂鱼羹得用醋来烹，说它其实是"西湖醋鱼"的老祖宗。真是公说公有理，婆说婆有理，这道菜到底是怎么做的呢？老郭也不知道了，您各位要是有知道的，可以写信给出版社，让他们转告给老郭。

厨娘跟一般的男厨师还是挺不一样的。在古时候，"请厨娘"还是件特别风雅的事儿。您想啊，您家里缺人，请位大师傅，剃一光头，满脸络腮胡子，成天咣咣切肉，咔咔炒菜，那也没什么风雅的，也不好看。厨娘可不一样，好些达官贵人，放着手艺好、资格老的大厨不请，偏要请一位年轻貌美的厨娘。这就不光是出于生活需要了，主要是为了暗示自己有身份，甭管吃不吃的反正老得端着。

我还看过古书上记载的一个笑话，说宋朝的时候，特别流行请厨娘。当时达官显贵的家里，大多会养一个高级厨娘，不但会做饭，还得懂得琴棋书画、诗词歌赋，这才显得有面子。

南宋理宗年间，出了这么一个事儿。有位太守，为官清廉，活了半辈子，没买过奢侈品，衣食住行方方面面都特别朴素。有那跟他走得近的朋友，就看不惯了，说："大人哪，您说您老这么朴实干吗呢，您看看如今这年月，谁还跟您似的，这么'老八板'①？咱好歹也是个太守，咱就时尚一回，行不行？"架不住身边的人老这么说，日子一长，太守这心眼也活泛了。得！豁出去了！我也请个厨娘！老了老了，咱也时尚一回！

---

① 指拘谨守旧。

刚好太守有个朋友要进京述职，他就托这位朋友，到京里帮自己物色一个厨娘。朋友大吃一惊，说："哟，大人，您这是想开啦？哎！这就对了！您说吧，想要找个什么样的？"

太守心想找都找了，那就干脆找个好点儿的吧，"得嘞，你就给我找个最好的吧！"

朋友办事儿真不含糊，没过多少日子，就有音信了，真给太守找了个顶级厨娘，"有容艺，能书算"——不光会做饭，长得还标致，还能写会算，就是个会厨艺的文艺青年。

太守心说："好啊，那我就等着吧。"没过几天，这位厨娘就到了。刚到，就给太守来了一个下马威——离城还有五里地呢，厨娘不肯走了，亲笔写了个手札，吩咐脚夫送给太守。太守接到后打开一看，写了什么呢？"乞以四轿接取，庶成体面"。

就是说，您得派四乘轿子，把我，还有我带来的伺候我的丫头，我带的这些厨具、行李，都抬进府去。只有这样，咱们彼此才都有体面。

太守看得直嘬牙花子：好家伙，这势派也太大了。可是再一想，是你去请人家的呀，又不是人家自己要来的。

得啦，派轿子吧！

四乘轿子，跟接亲妈似的，把这位厨娘接来。这人一下轿，您还真别说，长得真不赖。只见这位大姑娘，眉清目秀、亭亭玉立，喘气都透着比一般人高雅。

既然人来了，那就开始工作吧。

姑娘说了："不行。"

为什么呢？

"今儿太晚了，我什么都没预备，怎么工作啊？工作，得从明天开始干。但是今儿呢，您也别闲着，先派人采办东西去吧。"

都买什么呢？厨娘给开了个单子，太守拿过来一看，上面写着明天早饭，做"羊头签"五份，每份要羊头十个，一共五十个羊头。另外呢，还要用葱当配菜，一共五十斤，准备去吧。

太守一看，差点儿背过气去：好家伙，吃个早饭要这么多东西？可是他也没辙啊，自己挖的坑，哭着也得跳！太守一咬牙一跺脚，下了决心：买！

第二天一早，太守心说："我花这么些钱，买这么多东西，她到底怎么做呢？我得瞅瞅。"

连太守带太守全家老小，都跑到厨房，参观厨娘表演。就见人家这位厨娘，把随身携带的这些家伙拿出来，什么锅啊，盆啊，盘啊，不是金的就是银的。嚯！晃得人睁不开眼。

太守心里咯噔一下，估摸了估摸，光是这点儿家伙，就得值五七十两银子。

家伙摆好了，这位姑奶奶开始操作了，她先穿上名贵皮革做的围裙，又用银圈箍住衣袖，坐在精致的胡床（也就是椅子）上，抡起菜刀，切、抹、批、割，手艺娴熟，大伙儿看她切菜，就跟看杂技表演似的。

厨娘把这羊头渜^①上点儿清水，往案板上一搁，嗖嗖几刀，就把羊的一整片脸肉给剔下来了。剩下的肉呢？不要了！全扔地下！

围观群众就问了："这好好的东西，怎么都扔啦？"

厨娘就说了："此皆非贵人所食矣！"

为什么扔啊？这就不是有身份的人该吃的东西！

太守家人觉得太浪费了，心疼，就下手捡这些下脚料。厨娘一看就乐了："汝辈真狗子也！"好嘛，你们家人怎么跟小狗似的？狗才吃这个呢。

等到收拾葱的时候，也是这样。那葱啊，得在开水里轻轻过一遍，根、叶全不要，只留葱心，而且只切韭黄那么宽的一小条，拿酒和醋一腌，剩下的部分也全都扔掉。这顿早饭好不容易做得了^②，太守心疼得啊，牙都快咬碎了。

费了半天劲，到底做得怎么样呢？您别说，味道是真地道！"凡所供备，馨香脆美，济楚细腻，难以尽其形容。"——简直不知道该怎么形容那个好吃劲了。在座的没有一个说不好，大家吃了个一干二净。

撤席以后，厨娘又说了："今天吧，就算是试厨。我看各位还挺爱吃的，那以后咱就按照惯例支付赏钱吧。"

太守看大家伙儿吃得挺开心，心里还挺满意，就准备叫人去查先前

---

① 洒水之意。
② "做好了"的意思。

的惯例。

厨娘一看太守这架势，说："这哪儿用得着先前的惯例？"顺手打怀里掏出几张纸来，说："这是以前我在别的官员家里工作的时候，得到的赏赐单，您看一眼。"

太守拿过来一看，汗都下来了，好家伙，上面记着的赏赐数目，多的能达到三二百千钱。太守叹口气："唉！我这官呀，简直算白当！"

当然了，这故事也不见得是真的。宋朝流通的货币以铜钱为主，不像明清，花银子花得特别冲。那有人问了："清朝的厨娘也这么浪费吗？"嗯，也差不多。有一本古书里面有类似的一段故事。

书里说，和珅被嘉庆皇上给办了以后，他们家的一大堆姬妾、下人，都流离失所，很多都被地方官员收留了。其中有一位厨娘，落到涿州一位姓朱的校官手里。校官就问厨娘："你原来在和府管什么呢？"

厨娘说："我呀，只管做一味小炒肉，每个月下厨一次。别的什么鸡、鱼、鸭，都有专人管理，我不必负责。"

校官就说："既然这样，明天我买半斤肉，你给我也做一个呗？"

厨娘哼了一声："好容易的小炒肉！"

校官说："小炒肉嘛，那还能怎么做？不就是切点儿肉丝，搁点儿韭菜一炒嘛。"

厨娘说："哪儿那么容易啊，人家和府做小炒肉，得用豆浆喂猪，把猪养得肥肥的，然后，在猪还活着的时候，愣把猪腿从猪身上割下来，割完了当场就得拿鸡汤煨上，在鸡汤里剔掉猪腿的皮和筋，切到蚕丝那么细。下锅的时候，要用杭州盐、镇江醋、成都椒，这才能入味儿，这些东西，缺一样都不成。"

这一番话听得校官脸色都变了。您听听，过去这厨娘多厉害！是一般人轻易用得起的吗？厨娘做的菜，是咱老百姓轻易吃得起的吗？这个福咱们可受不起，饿了叫个外卖，我看就挺好！

十五

点心论

好在皇上心大:"啊,那就当我说错了吧,这东西不叫雪
片糕了,改叫云片糕!"

曾有一位叫"骑手听听听"的网友给我发过一条私信,说:"郭老
师,我是一个外卖骑手,每天听着您的相声、评书走街串巷,真是其乐
无穷。谢谢您,也谢谢德云社,让我在路上不寂寞、不孤单。"

看到这个,我心里暖乎乎的,也要谢谢您呀!感谢您对我们德云社
的支持!您也很辛苦,这大冷天的,为了给大家送口热乎的吃食,顶风
冒雨,走街串巷,真是不易!您工作的时候千万要注意安全!

说起外卖,还真有朋友问我:"'送外卖'这项业务,是什么时候开
展起来的?"

这可有年头了。过去老北京有个针对外卖服务的专用词——"叫盒
子"。不需要多大的酒楼,一般的切面铺,就可以叫盒。当然,那会儿
还没有电话,更没有手机了。想预订,您就得在路过切面铺的时候,提

前说一声："今儿晌午，两张芝麻酱糖饼，送我那儿去啊。"然后您走您的。放心，到了中午，切面铺准烙好了饼，给您送家去。当然了，在那个年代，"叫盒子"的服务对象一定是距离比较近的街坊邻居。不能说切面铺在西单，我非要您中午烙张饼，给我送昌平去，人家也不乐意接这活儿。

切面铺是小买卖，一般来说，"叫盒子"的活儿都是店里的小伙计去干，也许是跑堂的，也许是后厨的。要是大酒楼，又不一样了，大酒楼有专门负责外卖业务的部门。您像便宜坊的鸭子啊，致美斋的"四做鱼"啊，您要是想吃，打个电话，人家那边负责送外卖的师傅一会儿就给您送到了。

点心铺也经常给人送外卖。过去的官宦人家，讲究吃现做的点心，想吃什么了，给点心铺的人列个单子，打发下人送去，然后在家等着，铺子里的师傅做得了，自然派人送上门来。过去老北京最讲究的点心铺是正明斋，经常能看见小伙计穿着黑色的棉衣棉裤，提着"正明斋饽饽铺"的大圆笼，满大街送点心。伙计上门后，会当着您的面把圆笼打开，里头的点心都用蒲包或者匣子盛着，包装得又结实又精致，伙计得把点心递到您手里，这趟差事才算圆满。

以前我说相声的时候也提过，过去北京人管点心不叫点心，一律叫"饽饽"。为什么呢？它犯忌讳。旧社会有很多用来处决犯人的酷刑，其中最残酷的刑罚，就是凌迟，也就是剐刑。明朝的大太监刘瑾，死的时候被剐了四千七百刀，不剐够了这个数，还不会让犯人死。有那犯人家属怕犯人受罪，就给行刑的刽子手行贿——您受累，剐之前，照着犯人心口来一刀，先把这人弄死，然后您再剐。冲心口扎的这一刀，有个名字，就叫"点心"。

得！跟饽饽铺卖的"点心"重名！

这么一来，大家就都不愿意提"点心"俩字了，嫌不吉利，慢慢地，点心铺里的点心就改叫饽饽了。

中国地大物博，这么多省份，每个地方都有自己产的好点心。咱们要都写一写的话，那就能写一本书了，在这里老郭只能给您简单写几样，咱们写到哪儿算哪儿。

您像我们老家天津，好吃的点心多了去了。天津有好些远近驰名的点心铺，您比如说桂顺斋，20世纪20年代就有了，当然，现在它改了名字，叫"桂顺斋糕点食品二厂"。过去我们天津相声名家马三立老先生，就特别爱吃桂顺斋的点心，尤其是白皮点心。有老人说，搁20世纪70年代，您甭说正经地吃一块桂顺斋的白皮点心，就是拿粮票换回点心渣来，拿开水一和，弄成面糊，就着茶水吃那么两口，都觉得是一种享受。逢年过节的时候，懂事儿的姑爷陪着媳妇去看老丈人丈母娘的时候，必须先上桂顺斋打两个白皮点心匣子，往自行车车把上一挂，才显得孝顺！大气！会做人！

其实白皮点心并不是什么稀罕物件，天津到处都是会做白皮点心的铺子，不光是桂顺斋，哪儿都能做。总的来说，做白皮点心，关键是果料得全。点心馅里有五仁、豆沙、枣泥、红果、白果、莲蓉，现在还有黑芝麻什么的。咬一口下去，又松又软，那股纯正的香味儿别提多诱人了。您再看一看点心的横切面，每一块点心里头都能分出好多好多层，看着就精致。点心皮又香又酥，吃的时候噼里啪啦直往下掉渣，行家都拿手托着吃。吃完点心，再把手心里那点儿渣往嘴里一倒，嘿！活活美死！

有人说了："我不相信。点心渣能有多好吃？"

这您可外行了，天津的十八街大麻花您知道吧？十八街大麻花那么火爆，据说就跟点心渣有关。相传当年麻花店老板做麻花前，随手往配料里扔了几把点心渣，没想到做出来的麻花香脆酥甜，大受欢迎。老板心中一动，从此就开始主动往大麻花里头加各种果料，什么桂花、闽姜、桃仁、瓜条……做出的什锦馅大麻花甭提多好吃了。十八街大麻花就这样成了天津美食界的扛把子。

天津周边地区，也有好些美味的点心。您比方说杨村的糕干，太有名了，我说相声的时候没少提这东西。过去买杨村糕干，包装盒上都写着一行字："始于明永乐。"也就是说，杨村的糕干从明朝永乐年间就有了。

真的有那么久的历史吗？真的。当年燕王扫北，好多南方人也跟着到了北方。当时，浙江余姚有这么一对兄弟，哥哥叫杜金，弟弟叫杜银，两人一路跟随燕王的军队到了武清杨村，靠做小生意谋生。什么生意呢？卖米糕。

有一回，弟媳妇光顾着哄孩子，心里一乱，顺手往灶里多添了两把柴火。这一添柴火不要紧，锅烧干了，好好的米糕结了一层锅巴。哥俩回来一看，这怎么办呢？这一锅米糕也不能扔了呀？得了，卖卖试试吧。

没想到，顾客们吃完都说好："你们做的这个点心好吃啊，又干松，又香甜，这叫什么呀？"

哥俩顺嘴胡诌了一个名字："糕干。"——米糕的干，可不就是糕干吗？

结果糕干的名声一下就传开了。后来到了清朝，康熙皇上吃到进贡上来的杨村糕干，连声称赞："这个好！"因为杨村糕干洁白细腻，看着很像宫里的茯苓饼，所以皇上还给它起个了新名字，叫"茯苓糕干"。其实杨村糕干里面一点儿茯苓都没有，但好吃是公认的。1915 年，杨村糕干还在巴拿马万国博览会上拿了个铜奖，这以后，杨村糕干就更有名啦。您要是来天津旅游，不妨给亲戚朋友带点儿杨村糕干尝一尝。

不光天津，北京好吃的点心也不少。只有一点比较可惜，随着时代的发展，有好多以前的点心，现在都吃不着了。比如说"缸炉"，您吃过吗？甭说吃，现在听过这名的人都少了。

什么叫"缸炉"啊？这东西，据说明朝的时候就有了，就是拿发面团，跟糖、桂花和在一起，一团一团地贴在"火炉烧缸"里，烤出来的一种面食。

　　什么是"火炉烧缸"呢？它是一种做缸炉的专用灶，跟新疆人打馕用的馕坑差不多。烤出来的缸炉又扁又圆，上面还盖着一个大红戳子。旧社会那会儿，缸炉有个特殊的用处，谁家要是有那坐月子的产妇，亲友们看望人家去，准得带四样东西：鸡蛋、小米、挂面、缸炉。

　　有人就说了："这个看着也没什么特别的呀，吃不着了也不可惜。"其实啊，高级的点心，比低级的点心还容易失传。您比如说，过去宫廷中流行的许多糕点，现在都吃不着了。举个例子，有一种满族糕点，叫"孙泥额芬白糕"，就是"奶糕"的意思。据说当初乾隆皇上特别宠爱皇后富察氏，富察氏最爱吃的点心，就是这种白糕。遗憾的是，听说早在民国的时候，这种点心的做法就失传了。现在还有人试图复原这个点心，但由于配方早已失传，大家只能靠一些文字资料，尽量还原自己想象中的白糕了。

　　当然了，咱们一般人家，不必这么讲究，吃点儿普通的点心已经很好了。过去北京人讲究打点心匣子。早年间的点心匣子非常简陋，就跟现在的鞋盒子似的，花花绿绿的。打匣子的售货员手法都很利索，您要什么点心，售货员飞快地给您装进点心匣子里，码好，再在匣子外面垫上一张纸，扯过纸绳子啪啪一顿捆，匣子就打好了。逢年过节，咱们老百姓走亲戚的时候，一般不能空手去，总要带点儿白酒、茶叶，再打上一个点心匣子。当然了，这点心也轮不到自己吃，通常都是前脚客人刚走，后脚家里人穿上衣服，拎起这盒点心，又拿去送别人了。一盒子点心，经常在亲戚朋友之间转着圈地送，真有那送了一圈，这盒点心又给送回来的。

这种成套的点心里，最出名的，应该就算"大八件"了。今天很多人对大八件的理解，就是把八种不同的点心装在一个匣子里，其实不对。大八件，又叫"大八样"，说的是当时八样点心，每样一块，加在一起正好一斤，因为卖的时候按斤卖，所以才叫大八件。

大八件，还有个名字叫"大饽饽"。除了大饽饽，还有中饽饽、细饽饽。中饽饽每块只有大饽饽的四分之三那么大。等到了细饽饽，每块分量就不一定了，细饽饽一般都是定做的，具体要求得听主顾的。甭管是大饽饽还是中饽饽，都要打成匣子，显得体面大气。

看到这儿，您肯定好奇了，匣子里装的到底是哪八样点心呢？一般来说，有福字饼、太师饼、寿桃饼、喜字饼、银锭饼、卷酥饼、鸡油饼、枣花饼这么八种。不过这个要求并不严格，大家打点心匣子的时候，也不一定非得要这几样，看着差不多就行，您要喜欢桃酥、槽子糕、点子、萨其马什么的，也完全可以打到点心匣子里，只要匣子里有不重样的八种点心，就可以说是大八件。

现如今逢年过节，朋友们去买大八件的时候，好多人都愿意去稻香村买。稻香村可能是现在最出名的点心铺了。其实叫"稻香村"的点心铺有好多家，我记得前几年北京的稻香村跟苏州的稻香村还打过商标官司。

稻香村这名字是怎么来的呢？有好多种说法。有人说是从诗词里来的——"稻花香里说丰年，听取蛙声一片"。还有人说，出处是《红楼梦》，大观园里，李纨住的那个地方，不就叫"稻香村"吗？甭管名字怎么来的，稻香村历史悠久，确实是有据可查的。据说，清朝乾隆时期，稻香村就已经创立了，当时是苏州的一家名店。到了1895年，南京人郭玉生来到了北京，在前门外观音寺街，开了北京的第一家稻香村。

稻香村的点心为什么好吃呢？首先是用料好，除了用料以外，对学徒的要求也特别高。能在稻香村做点心的师傅，手艺都特别好。但话说回来，在旧社会，哪行的学徒都不易，想在点心铺里当学徒，就更加辛苦了。据说那会儿稻香村的学徒不但要勤学苦练，还得应付考试。一个黑箱子，里头搁着做点心的果料、米面，不许打开看，也不许用鼻子闻，只许学徒把手伸进箱子里摸。必须练到伸手一摸，就能分出哪个是哪个，这才算合格。

这不是要人命吗？您想啊，米粉、面粉、糖粉、藕粉……不许看不许闻，摸一把，凭手感分谁是谁？好家伙，反正我是分不出来。

有人问了："那要是分不出来怎么办呢？"好办呀，分不出来，打呗。

这还不算完。还有更狠的损招呢。

点心铺掌柜的最怕什么？怕伙计们偷吃。

怎么办呢？掌柜的有办法——凡是到点心铺当学徒的孩子，他都先敞开了招待您一顿点心，让您一次吃个够，想吃多少吃多少。

有人问："伙计想吃多少吃多少，那点心铺还不得赔死了？"

不会的，大多数人吃完这一顿，以后再也不想吃点心了。

那位又问了："点心还有吃够的时候？"

对！按常理说，点心哪能吃够呢，但掌柜的有绝招，他给新学徒吃的，不是一般点心，是刚出锅的热点心。

您要是不信，不妨去点心铺里看看——凡是在点心铺，没有热着吃点心的。刚出锅的热饺子好吃，那是咸的。刚出锅的热槽子糕，您可吃不了。为什么呢？您想啊，点心那玩意儿，油也大，糖也大，甜得发腻，凉着吃好吃，但要是热着吃下去，那个醋心，能把人吃出心肌梗塞来。可学徒不懂啊，他们岁数小啊，谁家孩子不爱吃点心呢？老百姓家的孩子，平时饭都未见得能吃饱，好容易遇见热乎乎的点心，让他敞开吃，那还不得敞开了吃？好些孩子吃完就病了，撑出来的病！消化不了！

这一顿点心吃完，小学徒这一辈子都不想看到点心了——光是看着都想吐，甭说偷吃了。

虽然说点心铺对伙计的要求够没人性的，但做出来的点心却是真的好吃。咱们刚才说了，稻香村起初开在南方。您如果来苏州这一带游玩，就会发现，好吃的点心可不全是点心铺做出来的。苏州有一种"船点"，大名鼎鼎，很值得一吃。

过去没有火车，南北交通主要靠大运河。皇上想下江南，也得坐船去。所谓"船点"，就是过去人们在船上吃的点心。船点不但好吃，还很好看，苏州的甜点厨子最具巧思，做出来的船点总是独具匠心，您就光看造型，什么小桃子啊，小兔子啊，小鸭子啊，又可爱又精致。

能做出这么精致的造型来，用的原料肯定不一般。要做好苏州船点，最要劲的，就是做"镶粉"。什么是"镶粉"？就是把糯米粉和粳米粉按比例放好了，再加入开水和面。

这个分寸可不容易掌握。您得拿开水把粉烫熟了、烫透了，面才有粘连的感觉，才能拿来做船点。这可是个技术活儿，稍一不留神，面团就变得特别硬或者是半生不熟，这就不能拿来做船点了。

做船点的师傅，往往都刀工了得。什么穗花刀、蓑衣花刀、菊花花刀、荔枝花刀……都得精通，不然就不是合格的船点师傅。有了出神入化的刀工加持，船点师傅就能用粉、面做出各种植物、动物。复杂点儿的，还能用点心做成山水风景、亭台楼阁。这样的点心，您都甭说吃，光看，也是一种享受呀！除了这种造型特别美观的点心，船上往往还提供配合"船菜"食用的另一种船点，什么蟹粉小烧卖、虾仁小春卷、眉毛酥、水晶球酥，小巧玲珑，晶莹剔透，再配上精致的银耳羹、杏露莲子羹，那真是够风雅、够文化！

其实，南方点心的种类和花样，确实比北方要多一些。鲁迅先生的弟弟周作人就写过好多南方的点心。周作人总结过南北点心的特点，他说北方的点心是"官礼茶食"，南方的点心是"嘉湖细点"，点心和茶食本不是一回事儿，性质不同。

的确，南方的点心，确实比北方要"细"得多。南方盛产各种"缠"类的点心——其实北方的萨其马，就是一种缠类的点心。这类点心，一般都糖分极高，可能还会加入蜂蜜、各种果仁，与砂糖裹在一起，甜度都特别高。到了南方，缠类的点心就更多了，什么松仁缠、核桃缠，香香甜甜，您就吃去吧，只有您想不到，没有他们做不到的。

有个故事，就是称赞南方点心的，说乾隆下江南，盐商给他呈上一道点心，乾隆一吃，嘿！真不错！高兴得筷子都忘了用了，下手就抓。吃完一片又抓一片，吃得龙颜大悦，一边吃，一边夸奖："太好吃了！得嘞！看这东西雪白雪白的，就跟一片片雪花似的，朕就给它赐个名字，叫'雪片糕'吧。"

皇上说完还嫌不够过瘾："来人！文房四宝伺候！"抓起笔来就写了三个大字。依着皇上的意思，他是想写"雪片糕"，没想到一提笔就写别字，"雪"不小心写成"云"了，好在皇上心大："啊，那就当我说错了吧，这东西不叫雪片糕了，改叫云片糕！"

从此这点心，就叫了云片糕了。

十六

如何在《金瓶梅》里吃一顿筵席

还是得多读书，不然真穿越到过去，真的是寸步难行。

《金瓶梅》是一本了不起的著作，可以说是明代社会生活的百科全书，里面有好些好东西呢。比如说，里面有经商，有做官，有合同，有法律，有婚姻，有继承，事儿太多了，哪方面都够仔仔细细研究一番的。有位学者，田晓菲教授，她个人觉得，《金瓶梅》比《红楼梦》还要好。田教授的意思是，《红楼梦》特别好，但是《金瓶梅》比《红楼梦》还要好上那么一丢丢。

我偶然间看见这么一本书，是一本分析《金瓶梅》的书，看得我直流口水。作者写的是《金瓶梅》里的美食，里面的这个肉啊，那个鱼啊，绝了！但是我从文中还发现，明代的筵席可比今天的讲究，要是咱们穿越到了大明，朋友请咱们去赴宴，准得露怯，因为咱们不懂人家大明那么多的规矩。那么在明代，怎么赴宴呢？听我老郭给您掰扯掰扯。

一个主人，请好多个客人，没有微信群，没有导航软件，客人们约不齐到的时间，总有个先来后到。先来的，主人要招呼喝茶，但是不能光喝，来一个水饱儿①，要上茶点，就着茶水，先垫点儿肚子。茶点东家随意安排，常规的就是糕饼和水果，什么玫瑰饼啊，杏干果脯啊，家里会做的家里做，家里不会做的去一趟稻香村、水果店，也能置备不少，足够供客人喝茶用了。这都属于宴会的小序曲，按宴会流程，咱往下走。

一、安席

宴会的第一个活动，叫作安席。席，本义是草垫子。过去没有桌子椅子，大家都坐席子上。最主要的那个席子，就是主席，坐那个位置的人最重要。英语里的主席叫 chairman，意思就是坐椅子的人。您看，中国的，英国的，人物重要不重要，就看坐哪儿，就看位置。坐在主要的席子上的和坐在椅子上的，那都是重要人物。席是给客人坐的，铺在席底下的，叫"筵"，比席长点儿。后来"筵"字的意义得到拓展，表示宴饮上的陈设。"筵席"二字后来就转化为酒食菜肴的代称。今天，很多地方还管婚礼上的那桌饭叫席面，这里头就有古语"筵席"的痕迹。

那么在大明，一伙儿人准备聚会，先来的已经喝了好几壶茶了，重要人物姗姗来迟，那怎么办？没办法，大家一起等。比如有一回，花子虚请大家吃饭，西门庆最后一个到，庆哥一来，连主带客，九个人拥到

---

① 饭没吃足，只喝汤或水填肚子，喝得肚胀的状态。

院子来迎接，把西门大官人迎到屋子里。今晚人齐了，下一个大问题就来了，怎么坐？那时候，大明有桌椅板凳了，大家不坐席子了。围着一个大桌子，大伙儿吃饭，位置还是有高有低的。这时候不能乱坐，要等着主人叙座。叙座最主要的就是序齿或者序爵，齿就是年纪，序齿就是按年龄排，年龄最大的坐最主要的位置，其他依次排开。序爵，爵就是指领导岗位。春秋时期有五等爵，"公、侯、伯、子、男"。爵位这个东西不是西方独有的，咱们也有，比如郑国是伯爵，宋国是公爵，楚国是子爵。春秋那时候，一进屋，先看爵，爵就是酒杯，酒杯有大有小，酒杯最大的位置是公爵坐的，酒杯第二大的位置是侯爵坐的，酒杯第三大的位置是伯爵坐的。子爵坐哪儿呢？子爵只能坐在放着小酒杯的位置上，还得帮着倒酒端菜。楚国那么大那么有钱，但是楚国国君爵位那么低，心里不老舒服的，后来干脆，你不给我升级，我还不跟你玩儿了，我也称王。这就是为什么春秋五霸里面，别人都是公，只有楚国是王。到了大明，还有按照岗位高低来排座位的，打个比方，一桌子中级军官，那就大校坐最主要的位置，大校旁边是上校，上校旁边是中校，中校旁边是少校，按照他们的级别就排出来了。当然还有序分、序地等办法，咱们就不一一解释了。

无论用什么方法排，最终的解释权在主人手里，主人可以微调。但是那个时候，什么事情都得文雅，我们以为叙座就是主人在那儿招呼"老张你坐中间，老李你坐左边，老王你坐右边，别客气，都坐都坐"。不是这样，这样太粗鲁，不是我大明风格。那个时候，安席不是用话语，而是用酒杯，叫作把盏。主人把酒杯端起来，先敬天地，也叫酬天地。

古人认为酒是好东西，给谁喝，就是给谁好处。今天请人帮忙，给的报酬基本上都是钱，太俗，应该给点儿好酒。酬完天地，主人转向人群，开始酬宾。过去主人给客人敬酒就叫酬宾，而客人喝了，就叫应酬，把这个酬给应了。第一个酬谁，谁就明白了，今天是安排我坐主位。这位主宾要回敬主人一杯，喝完这一杯，就坐到主位上，这就是安席。第一位客人已经安排好了，成了，挨个往下走，把所有客人都安排好，这个筵席就可以开始了。

二、开桌

开桌本是远古的规矩。那时吃筵席，大家席地而坐，人一多，就容易出现看不见主席的情况，也不知道主席那边开吃没开吃。主席没动筷子，咱们先下手，有点儿不合适；主席都开吃了，咱们还没吃，那就更不合适了。所以开始吃饭要有个信号，要办个仪式，这个仪式也是主人和主宾一起完成的，站着完成，一个站南边的席子旁，一个站北边的席子旁。您瞅瞅，还得先分得清东南西北。两人站好了，互相一敬礼，一客气，就算开完桌了，可以吃了。今天还有这礼仪，上菜了，让女士们先拍照，拍照就是咱们今天的开桌。大明那会儿，已经有桌椅了，大家能看见主桌有没有动筷子，所以开桌仪式在大明已经很少见了，必须是特别讲究的家庭或者场合，才会特意开桌。《金瓶梅》里写过，有一回西门庆摆了十五桌，场面很大，特意办了开桌。

三、茶食

刚才交代了什么是开桌，那么开桌的时候，桌子上可不能是空的，得摆得看上去满满当当的。最起码，茶食和小菜得先摆好了。今天咱们请客吃饭也不是上来一个菜就开席的，也得等四个菜上齐了，主人再讲上几句，这才能正式开席。大明的时候，筵席上就先上茶食。茶食，指点心、果子那一类的吃食。四碟果子，四碟小菜，四碟案酒，四样下饭，这叫四顶四，四个接着四个。当然不是必须四个，二十人吃饭您也上四个菜那不合适，有钱的话您八顶八也行啊，十二顶十二更棒。说到这儿，怎么理解"点心"这个词呢？没个明确的说法。有人说不是点"心"，是点"胃"，点一点胃，告诉胃："准备啊，马上要开始工作了，今天有人请客，咱可得加大马力工作。"我觉得这个解释靠谱。《金瓶梅》里写过一种点心——果馅椒盐金饼，这都能算点心。有人说广东人早茶里的凤爪都算点心。您瞅瞅，饮食文化，多么博大精深！我得吃多少顿，才能吃明白了啊！

四、小菜

小菜品种繁多，有点儿像今天的凉菜、泡菜、小炒的总和。《金瓶梅》里提到的小菜可是不少，一般都是四个菜一个组合。比如说，有一回，吃的四个菜就是"一碟糟蹄子筋，一碟咸鸡，一碟爊鸡蛋，一碟炒的豆芽菜拌海蜇"，多棒的四个菜，这要是给我这四个菜，我能吃一盆米饭。小菜种类多，做起来可也不简单，得根据场合和客人的喜好调整。比如说，头一天喝醉了酒，第二天想喝点儿粥，那小菜就得以腌菜、泡菜为主，别太油腻，上点儿笋干、糖蒜、豆豉、瓜条之类的。而在酒宴这种场合，小菜就可以荤腥一点儿，鸡肉啊，驴肉啊，海蜇啊，蹄筋啊，都可以。所以说，小菜看着简单，但是不能不重视。茶食和小菜都摆上了，按说可以端杯开席了，您要着急，现在开喝也行，就是还差点儿火候。真讲究的人家，还不开喝呢，上了这两类还不够，再等等，再上一类才能开喝。因为下一类菜就是纯喝酒的时候吃的，名字就叫案酒。

五、案酒

案酒，顾名思义，就是下酒的菜，喝酒的时候吃的。《金瓶梅》里也没少提下酒菜，最典型的就是那句——"又是四碟案酒：一碟头鱼，一碟糟鸭，一碟乌皮鸡，一碟舞鲈公。"其他案酒，还有烧鸭、火腿、熏鹅、银鱼、香肠等等。下酒菜明显油腻了一些，因为油脂能稍微保护一下胃，使人多喝几杯。南方人普遍饮食清淡，所以酒量比北方人要小一点儿。北方人的下酒菜里不是猪肉就是羊肉，吃完胃里油水多，容易多喝。当然我本人不提倡喝酒，喝酒过量肯定伤身，吃了油腻的菜不是不伤身，而是更伤身，小酌怡情，大饮伤身，品尝美味就行了，可别贪杯。当然下酒菜也不全是荤菜，也有素的，快火菜，叮叮当当三下五除二，很快就能炒熟，就比如冬笋、豆芽、春不老什么的，炒得爽脆可口，也很下酒。总之案酒上齐了，宴会也就正式开始了，主人客人，推杯换盏，把酒言欢。

六、酒令

关于酒量大小，古代齐国的喜剧演员淳于髡先生，有一段精彩的描述。他说有这么一天，齐威王在后宫办了酒席，让淳于髡喝酒。齐威王就问了："淳于先生能喝多少酒？"淳于髡回答："臣喝一斗也醉，喝一石也醉。"齐威王说："你这酒量弹性这么大吗？"淳于髡说："大王赏我酒，执法官在我侧边，御史在我后边，我心怀恐惧，喝一斗就醉。如果家里来了贵客，我陪着，时不时举杯祝酒，差不多能喝二斗。老朋友相见，互诉衷情，大概可以喝五六斗。如果是乡里间盛会，有男有女，男女搭配，无拘无束，席间还有六博、投壶等游戏项目，我心里高兴，大概能喝八斗。天色已晚，酒席还不散，还有美丽的女子为我倒酒，这个时候，多美啊，我能喝一石。"淳于髡先生是讽刺齐威王喝酒没完没了，耽误了正事，但是他描述了古今通用的喝酒情形，就是干喝没啥意思，很快也就喝醉了。喝酒必闹，说话声音大起来，游戏玩儿起来，唱起歌，跳起舞，就会越兴奋越想喝，越喝越兴奋。

这当然是不好的，可是作为主人，您要请客，就得大大方方的，就得尽量给客人安排好。所以《金瓶梅》里的宴会，从案酒上齐，酒席开始，就必然伴随一系列的娱乐项目。简单来说，就是酒令。《金瓶梅》里动不动就说："这等吃的酒没趣。取个骰盆儿，俺们行个令儿吃才好。"行酒令吃酒，这样吃有意思。酒令包括的范围很广，很多游戏项目都可以拿来做酒令。比如掷骰子，可以比大小，也可以先定一个数，大家伙儿尽量掷出这个数，掷出来了，还得说一句相应的诗词啊，俗语啊，吉祥话啊，这才算赢。还有个玩儿法叫猜枚，就是把一个小东西，钥匙扣啊，指甲刀啊之类的，攥在手里，您猜有没有，有几个，猜对了就赢了。玩儿这个游戏，要全员参加，分成两组，一组藏，一组猜。这个"组"就叫作曹。所以唐诗里说"分曹射覆蜡灯红"，分曹就是分小组，射就是猜，覆是覆盖，就是藏起来的意思，这一句诗写的就是猜枚。还有投壶，就是把箭头去了，利用箭杆做游戏道具，一人四支箭，往一个壶里扔，扔进去多的算赢，输的喝一大杯。当然行酒令也有玩儿诗词歌赋的，这个就要求文化水平了，一般人玩儿不了。有一回，西门庆行酒令，他的规定是要说出有"风花雪月"的诗句。他起令，第一句就是"云淡风轻近午天"，第二个人接着来一句"傍花随柳过前川"，这就接上了。第三个人应该说一句带"雪"字的诗，可惜没说对，结果就输了，被罚了。这种酒令还是非常文雅的，今天都应该提倡。行酒令还有要求讲笑话的，可见那个时候，讲笑话似乎是大家伙儿都具备的一个小能力，要么您把大家伙儿逗笑，要么您喝一杯。

七、歌舞

行酒令啊，都是主人和客人一起参与的，是宴会上的人的集体游戏。但是有时光自己玩儿也不过瘾，还得叫人来一起玩儿，比如叫歌星来唱歌助兴，叫舞蹈演员来跳舞助兴，唱完了跳完了，帮着主人给客人倒倒酒，给客人夹个菜，陪客人喝一杯，那就更热闹了。

八、大菜

下一个话题叫作"下饭"，也就是宴会上的大菜。上完了茶食、小菜、案酒之后，就要来硬货了。我们中国是最早种水稻的国家，五谷对我们很重要，主食对我们很重要，我们管"吃"叫"吃饭"，而我们做菜的目的，实际上都是为了下饭。今天我们夸某个菜系，还会说它特别下饭。下饭就是我们研究烹饪的目的。《金瓶梅》第五十四回，说端上来的下饭菜有二十多种，头一道就是蒜烧荔枝肉，听着都好吃。第六十七回提到八种下饭菜，"一碗黄熬山药鸡，一碗臊子韭，一碗山药肉圆子，一碗炖烂羊头，一碗烧猪肉，一碗肚肺羹，一碗血脏汤，一碗牛肚儿，一碗爆炒猪腰子"。想吃不想吃？爱吃不爱吃？爱吃自己买去。大菜是宴会上最精华的部分，是展示厨师手艺的关键时刻，第一道主菜一般都是烧鹅或者烧猪，整个的，叫作"大下饭"。这个菜由厨师亲自端上来，在桌旁给客人操刀切割，所以也叫作"大割"。主宾接了大割这道菜，要打

赏，要给个红包，以示对厨师的肯定和鼓励。第二道和第三道主菜叫作
"小割"或者"小下饭"，这两道菜不一定由主厨来处理了，不过来客也
需要给打赏。

九、汤

下饭菜上了，主食就得上，菜和主食都齐了，最后的最后，上汤。
西餐是先喝汤，中餐是后喝汤，上了汤，就代表着今晚该上的全上了。
这个规矩直到今天，依然起效，全国很多地方都这样。有时候酒还没喝
完，汤上来了，客人就会不好意思，感觉主人不想招待他了，想让他尽
快走。所以讲究的饭店，在上汤之前，会问问主人："汤做得了，您看要
不要端过来？"得等主人一句话。所以从古代起，为了主人或者饭店方
便，会有客人主动要求汤饭齐上，意思就是着急，不拘泥于程序，不必
非得先上什么后上什么，什么做好了就上什么，下饭菜不一定在小菜之
后上，汤也不一定要最后上。

十、添换

喝完了汤，整个宴会就结束了。万一，我是说万一，有客人没吃饱
怎么办？好办，要么添，要么换。添就是添加，哪个菜您爱吃，我叫后

厨立刻添上。您要是都不爱吃或者我们这儿食材用完了，那咱就换，换俩新菜。这个程序，就叫作添换。请客的人家，得防备有人没吃饱，得准备添换。不光《金瓶梅》里这样，《西游记》第六十二回，祭赛国国王请客，猪八戒把人家的添换都吃了，您要是知道添换是什么意思，立刻就明白猪八戒的饭量有多大了。

所以说呀，还是得多读书，不然真穿越到过去，真的是寸步难行。吃饭是为了活着，活着不是为了吃饭，想吃得明白，那就多读书，多读老郭给您写的书。

十七

吃鳝论

什么时候最适合吃鳝鱼呢？夏天，尤其是"小暑"这个节气。

常听我讲相声的朋友都知道，我喜欢在作品里挖坑。有的朋友就说了："希望郭老师加把劲，争取别再挖坑了。"那到底能不能讲完呢？那就看看吧。反正大伙儿就好好盼着，坚持就是胜利！

还有的朋友啊，这边跳着新坑，那边还惦记着老坑。毕竟坑就跟人似的，相处久了，也有感情了。比如有的朋友给我留言，说听了我讲的《济公传》，感觉特别好，希望有生之年能听到《济公传》的结局。得嘞！我努力。不过呢，《济公传》这个篇幅，您是知道的，再加上我还得编哪，对不对？所以呢，咱们都彼此祝福一下对方吧，身体健康，硬硬朗朗的，不为别的，就为了听个全须全尾的《济公传》。

网上好多人还讨论《济公传》，提出了好多问题。比如说，咱们在《济公传》里面说到，有这么一种鳝鱼，叫"望月鳝"，您还有印象吗？咱们还说到有个人物，叫"郝大个"，这位呢，性别男，爱好女，最后他误食了一条鳝鱼，化为脓血。咱们也说了，一水缸的鳝鱼里面，唯独这条，特别粗特别大，"噌楞"一家伙，上半身愣抬起来了，昂起这头，直勾勾地盯着月亮看。这种月圆之夜，直起身子看月亮，一看看半宿的鳝鱼，就叫望月鳝。但凡这种鳝鱼，它是吃腐肉长大的，剧毒无比。有的人就说了："有这么回事儿吗？你这是编的吧？"哎，咱还真别抬杠，还真有这种鳝鱼。

一般来说啊，好多鳝鱼都会抬头。一到夏天，您到农村那水田去看看，一到夜里，尤其是特别闷热的那种"桑拿天"的夜里，鳝鱼一条条地就都游出来了，都昂着头在那儿等着。等什么呢？等蚯蚓呢。会逮鳝鱼的人，就专门拿蚯蚓引诱这些鳝鱼，尤其是那种青色的蚯蚓，鳝鱼爱吃。把这蚯蚓放在田埂那浅沟里面，半夜等鳝鱼一出来，拿一大号的手电筒，强光一照这鳝鱼，鳝鱼当时就是一愣。然后，拿一个特大号的夹子，咔嚓这么一夹，就抓住一条，装在篓里了。除了拿夹子夹之外，还可以钓，就跟钓鱼似的，不过呢，一般的鱼钩不行。听人说，得用自行车那车条，磨尖了，拿那个当钓钩，这才能钓着鳝鱼。

不过呢，逮这玩意儿，也不是那么容易的。您别瞧不起鳝鱼这东西，这东西有点儿灵性。首先，鳝鱼掏的洞，和蛇洞很像，没有经验的人，不容易分辨出来，一不留神，鳝鱼没逮着，让蛇咬了一口。再有，鳝鱼还记仇。有的那老鳝鱼，愣能从抓鳝的人手里跑了。上过一次当，它就记住了，下回再遇到抓它的人，它这脑袋能鼓起来，成一个三角形，一不留神您真以为是毒蛇呢。

但是呢，别看好多鳝鱼能昂起头来，它们抬头的幅度可不高。真要是昂起头有二三寸，这鳝鱼就不能吃了。古书上有记载："然鳝有昂头出水二三寸者，为它物所变，其毒亦能杀人，养生家宜慎用之。"这儿的"它物"，其实指的就是"蛇"。也就是说，古人认为这种鳝鱼，是蛇变的。一般来说，鳝鱼这东西喜欢吃新鲜肉，不喜欢吃腐肉。但是咱们说的"望月鳝"就不是，它是靠吃腐肉长大的。所以，像过去那些盗墓的，除了玩儿洛阳铲之外，有的还通过看鳝鱼，判断哪儿有古墓。过去有个说法："有大鳝，必有大坟。"但凡您看哪个地方挖出一条特别大的鳝鱼，那个儿大得都邪乎，而且昂头出水很高，这种鳝鱼，就是"坟鳝"。这种鳝鱼出没的地方，附近很可能就有古代的大坟。所以过去给人下葬看风水，挑选吉穴，也得看这个。如果这儿附近有水田，挖出过鳝鱼，那绝对不能选在这儿。

不过呢，抛开这些事儿不说，鳝鱼这东西，那是真好吃。但是也得跟您说清楚了，除了望月鳝这种东西不能吃，死鳝鱼也不能吃，因为死鳝鱼也有毒。而且，除了望月鳝之外，其他的活鳝鱼，也不是全都能吃的。据说那会逮鳝鱼的，把好多条鳝鱼逮回来，一般先找一个大缸或者大盆，先养一宿。养一宿干吗呢？半夜，点一火把，拿这火把照这一盆鳝鱼。如果说，这里面有一条鳝鱼，不但不躲这火，而且还突然蹦起来，扑您手里这火把，那这条鳝鱼就得挑出来。过去的人，认为这种东西不是真正的鳝鱼，而是跟鳝鱼长得非常像的一种东西，叫喷火蛇。它跟鳝鱼有什么区别呢？您仔细看，它这嘴下面，相当于咱们人的脖子这位置，有那么几片细细的鳞，这个东西，人要是吃了，肯定得死。

要吃，就得吃宰杀的活鳝。在《济公传》里，咱们大概说了几句怎么拾掇这鳝鱼。除了书里提到的这方法以外呢，还有很多收拾鳝鱼的办法。尤其您去江苏看看，那边的人家有一套完整的收拾鳝鱼的办法，看人家收拾鳝鱼，就跟看杂技表演似的。师傅手头得有准头，少使一点儿劲，骨头弄不下来；多使一点儿劲，皮啊，肉啊，又很容易弄烂。人家真正收拾得好的，是拿一钉子把鳝鱼钉在案板上，然后一刀下去，把这鳝鱼整个划开；第二刀下去，骨头整个就下来了；第三刀下去，头剁掉，整条鳝鱼三刀就收拾好了。

还有的地方，是把鳝鱼摔死——拿右手食指、中指、无名指这仨指头，把这鳝鱼的脑袋掐住了，然后，抓住脖子抡起来，啪的一声，往地上一摔。有经验的人，这一下就能摔死。然后，墙上有一大钉子，把鳝鱼脑袋往上一挂，拿手把鳝鱼这尾巴往下使劲一搋。因为鳝鱼全身就一条脊椎骨，所以就这一下，鳝鱼的脊椎骨就整个脱节了，而且这鱼还不卷。这样呢，拿刀子顺着鳝鱼这骨头缝，咔咔几下，剔掉骨头，然后切段、切片或者切丝。

具体到做鳝鱼菜，也有很多很怪的做法。比方说，南京有这么一种鳝鱼名菜，叫"炖生敲"，拿鳝鱼跟猪肋条肉做的。做这个菜，把鳝鱼宰好了之后，得拿一大木棒子，反复敲打这个鳝肉，让这个肉质变得特别松散。敲完了以后，把鳝鱼肉切成旗子块，搁火上拿八成热的花生油炸，一直要炸到呈银炭色，泛"芝麻花"，这才成。然后拿它再跟炒好的猪肉一起，用清汤先白煮，然后再加各种调料一炖。到最后，鳝鱼卤味儿特别重，装盘以后特别红润，油亮油亮的，一吃，特别酥烂，好吃极了。

说起怎么吃鳝鱼，那做法可多了，炒、爆、烧、炸、焖、炖，都特别好吃。比较常见的做法，您比如说"响油鳝丝"，做起来特别有意思。把炒熟的鳝丝摆在盘里，中间留出空间铺上葱花蒜末，在热锅里放一块猪油，烧到八成热，然后把这猪油往鳝丝上这么一浇，鳝丝也好，葱花蒜末也好，刺啦一声响，这一声，就跟开关似的，顺着这声，鳝鱼那香味儿"噌"就出来了。然后，拌上点儿白胡椒粉，这么一吃，嘿，要多美有多美。

什么时候最适合吃鳝鱼呢？夏天，尤其是"小暑"这个节气。您要是讲究，您就这天吃鳝鱼，有句话叫"小暑黄鳝赛人参"嘛。一呢，是因为这时候的鳝鱼最肥，再有一个，鳝鱼这东西，性温，能补中益血，小暑节气，人容易腹泻，消化道容易得病，吃点儿鳝鱼，能调养肠胃。另外，好多人有风湿性关节炎，秋冬季容易犯病，夏天小暑吃鳝鱼，对关节炎有好处，这叫"冬病夏治"。

吃鳝鱼好处很多，所以全国很多地方都爱吃这鳝鱼。尤其是南方，会吃鳝鱼，做法也多。除了南京的这个"炖生敲"，杭州也有吃鳝鱼的独特的法子。杭州有家著名的馆子，叫"奎元馆"，清朝同治年间就有了。这馆子卖什么呢？面。人家这儿面条种类太多了，像什么"扣汤面""虾黄鱼面""片儿川面"等等。过去不是有句老话吗，"不吃奎元馆，不算到杭州"。这儿呢，有这么一种面，用鳝鱼和虾做的，叫"虾爆鳝面"。要探究虾爆鳝面的历史渊源，那可太久远了，据说，在南宋的时候，出现了"虾玉鳝辣羹"这道菜，可以说当时已经开了用鳝鱼和虾一起烹饪的先河。经过多年的改良，现在这虾爆鳝面，可以说是杭州特别有代表性的一道美食，金庸先生还把它写到了小说《书剑恩仇录》里，您要感兴趣可以找找。

这面怎么做呢？先把出骨鳝鱼煮一下切片，面条煮个七八成熟，用新鲜的河虾仁抓上淀粉、蛋清、盐、料酒，把它腌上。然后，用旺火烧菜籽油，到八成油温，下鳝鱼片炸，炸到鳝鱼片这表皮起小泡，这第一道工序就算完成了，叫"素油爆"。然后，下猪油、葱姜末，再把鳝鱼片放进去，加上酱油、糖、酒和肉汤一块儿用大火炒，这是第二道工序，叫"荤油炒"。最后，下肉汤，把面条放进去，煮开了之后把表面这浮沫一撇，加鳝鱼的卤汁，往碗里一盛，把鳝鱼片往上一码，虾仁用白水汆熟了，也放到碗里，这就是虾爆鳝面。您吃去吧，虾是白的，鳝鱼是脆的，面是油润油润的，好吃极了。

除了虾爆鳝面之外，南方还有好多类似的面。比如说，有一种面，也是用鳝鱼做的，不过比这个普通，叫"长鱼汤面"。您到南方，江淮一带，尤其是镇江这些地方去看看，好多地方都有。据说，这种面最早是从"烧黄鳝丝"这道炒菜演化来的，现在成了当地很有名的一个特色小吃。拿鳝鱼的骨头，加上猪骨、鸡骨、各种海货熬汤，再拿鳝丝炒一个浇头。面条呢，煮好了刚一捞出来，这边，浇头也炒好了，热乎乎的，往桌上一端，太美了。有人说："我不想吃面，我想喝这个汤行不行啊？"行啊，做这个汤，把切好的鳝丝先油炸，一直炸到酥脆，然后扔到汤里汆它，然后一打蛋花，一勾薄芡，这就是"长鱼汤"。配上姜丝、胡椒粉，再点一笼当地的蟹黄包子，连干带稀地一吃，给个县长都不换。

有人说了："你说了半天，这些个都是小吃啊，鳝鱼能不能做点儿什么大菜啊？"能啊，咱给您说两样。

首先，北京淮扬春，有一样特别出名的鳝鱼菜，叫"炝虎尾"，又叫"炮虎尾"。淮扬春，那是北京过去的"八大春"之一，专门经营淮扬菜。其实呢，别的地方也做这道菜，但没有淮扬春做得这么好。炝虎尾这个菜，鳝鱼是主料，做得不好的，要么腥，要么老。要想避免这个腥味儿和老味儿，头一个，您不能用死鳝鱼或者不新鲜的鳝鱼，在一开始加工的时候，把这鳝鱼活烫去骨之后，就得在水里加上葱、姜、料酒、醋、盐，把鳝鱼先搁在锅里煮，去它这个味儿。

在具体做的时候，先煮鳝鱼。鳝鱼个儿大个儿小，水质是酸性还是碱性，那煮这鳝鱼的时间都是不一样的。淮扬春虽然做的是淮扬菜，可是本身在北方。北方的水碱性足，所以要多煮一会儿，否则这鳝鱼做出来，太硬，拿筷子是划不动的。一般是先煮个五分钟，煮的过程中，掐一下鱼脖子，一把掐下去，能摸到骨头了，那说明煮得就差不多了。

再一点，煮好的鳝鱼，还要放在鸡汤中泡个十分钟左右，让鳝鱼入这个鸡汤味儿，同时呢，有了鸡汤进去，这口感就不老了。别的地方做炝虎尾，往往就是缺这一道工序，把鳝鱼收拾好了就开始做菜，结果做出的炝虎尾又腥又不嫩。

等鸡汤煨好了，真正的烹调过程特简单，只要把这鳝鱼下锅一炸，就可以码盘了，当然了，最后要浇上兑好的汁，上面再码一堆蒜。最后，把一勺大油，加热到很热很热，刺啦一声浇在这堆蒜上，炸出这蒜香，炝虎尾就算做得了。这菜，吃起来有点儿像糖醋排骨，味儿微微有点儿发甜，肉是又酥又软，拿筷子一划，一整条后背上的肉，很容易就划下来了。跟您说，别咬碎了，整条往嘴里送，嚼去吧，越吃越好吃。

　　除了炝虎尾，淮扬春还有一道鳝鱼名菜，叫"炸脆鳝"。这个就简单了，就是拿鳝鱼跟姜、白糖、酱油什么的一炸。唯一有点儿特殊的地方，是这个菜，只用鳝鱼肚子这儿的肉，而且不拿刀切，拿手撕。撕成粗细一样的肉条之后，先下水煮，煮一个开，就下锅炸。炸一个过之后，又放水里煮。就这么煮完了炸，炸完了煮，所以那鳝肉最后起一层酥皮，而且肉不发"艮"①。

　　等到了玉华台（也是北京一个著名的做淮扬菜的地方），人家这儿，有"全鳝席"。您别说吃，光听那菜的名字，就觉得肯定好吃，什么"乌龙卧雪""蟹盒青鳝""龙凤鳝丝""笔杆鳝鱼"。其实呢，您要是到了淮安一带，当地也有"全鳝宴"，而且花样还很多，据说能凑出一百零八道菜来。这里面有的菜呢，还有点儿小故事。您比方说这笔杆鳝鱼，又叫"御笔鳝鱼"，有人说是河南菜，有人说是安徽菜，但甭管叫什么名吧，味道确实不错。一般来说啊，做鳝鱼菜都得挑那个儿大的鳝鱼，跟大蟒似的，才好呢，可这菜不是。什么叫笔杆鳝鱼啊，就是那种又细又瘦的鳝鱼。怎么吃这样的鳝鱼呢？传说当年宋仁宗执政时期，包拯包大人看见江淮一带闹灾，老百姓太苦，于是包拯就从当地的护城河里，捞起这么一篓子又细又小的鳝鱼，献给当时的宋仁宗皇上。宋仁宗低头一看，这龙脸就呱嗒拉下来了："爱卿啊，这小鳝鱼这么小，还不如我写字用的笔粗呢，这鳝鱼也能当贡品吗？"

　　包大人就说了："陛下，您别看这鳝鱼小啊，这是现在江淮一带老

---

① 形容食物坚韧而不脆。

百姓最好的东西了。您要是还征当地的赋税，能交上来的，还不如这个呢。"皇上一听，噢，明白了。"没问题爱卿，朕下旨，免当地百姓的赋税。"那么进贡给宋仁宗的这些鳝鱼呢，因为皇上亲口说"跟朕的御笔相似"，所以打这儿起得了一个名，就叫"御笔鳝鱼"，又叫"笔杆鳝鱼"。

不过呢，鳝鱼再好吃，也只是咱俗人吃。佛道两教，据说都不吃鳝鱼。为什么呢？因为说鳝鱼有灵性，尤其有的鳝鱼，跟龙是亲戚。传说，有一农民，发现一条巨鳝，三尺多长，而且尾上生刺、头上长角。这位不管那套，就惦记吃。有人就劝："这个啊，不定是什么变的呢，你可别吃！"这位不听，一锄头就把鳝鱼切开了，拿回家就吃。吃完了睡觉，到了半夜，来一穿黄衣服的老头，说："我本来是一条龙，今年天旱，我才变成鳝鱼，在这儿忍一年，你怎么就给吃了？"当然，这只是个故事。只不过呢，动物确实有动物的灵性，咱们吃的时候，也注意一点儿，尤其是野生动物，千万别吃！

十八

两个虾酱馒头
引发的血案

他听人家说书的说过，到了船上人家问你"吃抻条面还是吃馄饨"，那是问你"是宰了你还是你自己跳河"。从那一刻起，他这心里就哆嗦上了。

前些年《舌尖上的中国》大火，里面提到的美食种类繁多。别的东西我看着都没什么兴趣，唯独有一个南方的东西叫沙蟹汁，那个勾起我的食欲来了。都知道我是天津人啊，天津人爱吃虾酱啊，跟那个差不多。虾酱、螃蟹酱、皮皮虾酱、虾头酱，一看见我就流口水。

做法基本都一样。海鲜打上来，把好的肥的都拿走，该蒸蒸该煮煮，把那不好的、瘦得没什么肉的都留下。找个大案板子，把那些剩下来的虾头、蟹腿什么的拿出来，一样是一样，还不能混了。铺到案板子上，拿刀剁，能剁多碎剁多碎。看着剁成酱了，拿个坛子盛起来，多搁盐，然后放到通风有阳光的地方等着它发酵。多则一个月，少则二十天，等里面这酱彻底黏稠了，就能吃了。

这东西闻着很腥气，还有点儿臭，但是爱吃的是真上瘾。吃法更简单，蘸葱、蘸蒜苗、蘸黄瓜，随便蘸什么都行，抹到馒头上也行。有的是拿好螃蟹剁的，那种您还可以和白米饭吃。还有一种就更有意思了，把虾酱汁跟面粉搅和到一块儿蒸馒头吃，学名叫虾酱馒头。一提起这个来，我还想起有个故事挺有意思。

一、吃苦耐劳摆渡人

时间离着现在不是特别远，清朝道光年间，就在现在的天津汉沽，有个人姓梁，叫梁尚君，为人不说是谦谦君子吧，起码可以说得上是待人和善。

老梁那年三十五六岁，干什么的呢？是个摆渡人。汉沽有一条河，叫蓟运河。传说当年王母娘娘下界游览，看见当地有一条泥鳅成精，把整个汉沽、芦台这一片都弄成了沼泽。据说王母娘娘因为它，走这一道洗了十六回脸，贴了二十七张面膜，换了三十二条裙子，鞋里面的泥拿回去整刷了三个小时才弄下来。娘娘一怒之下，扔了一枚手雷把泥鳅打回原形，罚它挖出一条河来，惠及两岸百姓。就这样，蓟运河就出现了。当然，这是老郭给您开玩笑了。

这条河跟大多数的河一样，上游窄，下游宽，它本身是海河的一条支流。您都知道天津市依海河而建，海河也是华北平原最大的水系，可这蓟运河的下游跟海河一边宽。20世纪70年代以前，这条河上只有一座浮桥。再早一点儿，连个浮桥都没有，就是一些人在那儿干摆渡。

摆渡有两种。一种就是摆渡船，船也分两种，有的带个篷子，专门负责拉人；有的不带篷，连人带货都能拉。还有一种是摆渡那种很大的筏子或者竹排，这种就可以放点儿大型的货物了。您别看就是个筏子，载重很厉害，据说有的连马车都能载过去。

老梁是哪种呢？他摆渡的那种带篷子的小船，就是专门拉人的那种。咱说了，他这人待人和气，并且价钱要得也公道，所以很多人都愿意坐他这摆渡船，宁愿多等会儿，也得坐他这个。所以他这一天挣得比别人都多。

说是挣得多，也是跟同行比，说到底还是个挣苦力的。所以老梁有钱也不瞎花。每天晚上，打二两酒，不吃别的下酒菜，就吃大葱蘸虾酱，这是他唯一的享受，就得意这口。白天呢，无非就是弄俩窝头，用油纸包点儿咸萝卜，吃饱了就得。那位说白天怎么不吃大葱蘸虾酱啊？还得拉主顾呢！弄一嘴大葱蘸虾酱，怕人家硌硬。

这天来解馋的了。他是光棍一个，跟他一个村的，有个寡妇姓王，俩人按现在的说法就是地下情人关系，可是大伙儿又全都知道。看过鲁迅先生写的那个祥林嫂，大伙儿都知道，在封建社会寡妇改嫁非常不容易。可实际上有很多地方并不特别拿这种事儿当事儿。一个未婚，一个丧偶，往一块儿凑合凑合，谁也不说什么。难就难在王寡妇家里有个十三岁的丫头。老梁是担心这方面有什么风言风语，所以一直就跟王寡妇若即若离。

当时是年关刚过，正是春忙的时候。这几天老梁几乎就没闲着，拉客人得拉到半夜，天不亮买卖又来了。王寡妇看着挺心疼，把过年包饺子剩下的白面拿出来了。没做什么好的，就是做了几个虾酱馒头，给他送过来了。老梁也不是那不开窍的人，转手拿出来两块布料，一盘五彩的线，送给王寡妇了。两人也没什么甜言蜜语，但是这份心思是各自带到了。

俩人简单地说了几句话，怕时间长了别人看见，王寡妇接过布和线扭头就走了。老梁呢，把那虾酱馒头顺手就搁在船舱里面了。就这工夫，又来买卖了。

二、外宅小舅是坏人

汉沽这个地方有个特产，就是盐。就因为出盐，汉沽这块地的行政区都划得跟别的地方不一样。咱们刚才说了，这事儿发生在清朝道光年间。实际上在道光年间，汉沽不归天津管。那汉沽归哪儿管呢？那时候它归宁河县管。宁河县现在是宁河区，归天津市管，但在那会儿，它归顺天府管理，也就是归北京管。

乾隆八年（1743年）以后，顺天府的辖区固定为五州十九县。其中差事最肥的有三个，有个说法叫"金宝坻，银武清，不如宁河一五更"。这怎么讲呢？封建时代官场黑暗，当官的有不少灰色收入，有的时候不用他特别用心地贪，手指缝落点儿就有了。

宝坻县过去有一千多个村子，武清县有八百八十多个村子，赶上一个好年成，这俩县的县令那是肥吃肥喝，但是他俩加一块儿不如宁河县令一个五更天挣得多。就是因为宁河县代管的汉沽出盐，户部还设立了长芦盐运使，负责管理这片的盐务。

盐运使的衙门不在汉沽，在天津鼓楼东。但是盐运使老爷得时常在汉沽这片访察一下，有时候得在这儿住一阵子。当时的那任盐运使老爷在汉沽这儿还养了个外宅，每回来都得在这儿住下。

您想啊，盐运使的外宅，别的不用说，吃盐那简直太方便了，每个月成包成包地往他那儿运。外宅这位小夫人姓蔺，她还有个弟弟，叫"蔺小胆儿"。您听这名字，"小胆儿"，那胆子比弹球还小。

其实他小时候胆子挺大，上人家房拉屎啊，在厕所里堵老头啊，半夜偷人家鸡吃啊，他都干过。怎么就胆小了呢？有一年冬天，大白天他就出来了，打算偷人家的鸡。您说那会儿他那胆子怎么就那么大，白天就敢偷东西。

农闲的时候，农村人都喜欢串个门，打个牌。出门之前也就是把门一锁，把狗一放，不到晚上基本都不回来。他就看准这个机会去下手。那狗啊，对他来说跟没有一样。再加上他常干偷东西这档子事儿，兜里长期就预备着肉干、鸡蛋什么的，看见人家把狗放了，他扔了一根肉干过去，抓起两只鸡扭头就走。

偷人家鸡不能拿回家吃，待着没事儿老往家里拿鸡，有个三回两回就破案了，所以他得奔那个荒郊野地。大雪满地，深一脚浅一脚，翻过山梁，越过河沟，他找了个地方开始准备"销赃"了。

也搭着他倒霉。他刚点上火，正给这鸡拔毛呢，打不远处来了一位朋友。这位朋友一提名字，现在您各位可能都认得，尤其是孔云龙，我也是通过他给我引见的，叫"老愣"。那"老愣"顺着瓦蓝蓝的天就飞下来了，没直接奔他来，在一个老远的树杈上站住了。"小胆儿"和"老愣"你看看我，我看看你，场面就僵住了。

时间长了，他反应过来了，从地上捡了块石头照着那老鹰就扔过去了。老鹰是飞了，他再一回头，发现从地底下蹿出一群黄鼠狼来。黄鼠狼这东西，看见一个并不可怕，关键是一群。领头的那个跟小一圈的狐狸差不多，由它带队，所有黄鼠狼跟一股水似的，排成一路就奔他来了。

其实这群黄鼠狼早就闻着味儿来了，就是因为那只"老愣"才不敢出来。这回天敌让他赶跑了，所以就趁机过来了。其实他要是留心就能发现，人家这一家子黄鼠狼就是奔着鸡来的，把鸡叼走就没事儿了。关键他一是做贼心虚，二是农村本来就对这东西有忌讳，三是他这会儿反应还特别快，所以吓得拔腿就跑。

他前脚跑了，后脚黄鼠狼就撤了。黄鼠狼是撤了，后边那"老愣"不知道因为什么追过来了，连追带叫。他也不敢回头，就这么一直跑。跑到一个小河沟的时候，对面过来一群鸭子。这河已经冻上了，他跑上去之后减不了速，那鸭子也一样。两家谁也没让谁，最后他就追了尾了，咣当一个仰摆脚①就摔在冰上了，人一下就昏过去了。

等他醒来的时候天都黑了。"老愣"也没了，黄鼠狼也没了，鸭子也没了，但是野狗出来了。野狗不为了吃他，他摔跤的时候，砸死俩鸭子，野狗是奔着这俩鸭子来的。这狗看他半天也没动，自己就在那儿吃上了。等他一睁眼，正看见野狗俩眼发亮，龇着牙满嘴是血，就那么看着他。

---

① 指人仰面躺着的姿势。

他站起来就跑，脚底下一滑，又是一跟头。这回没晕过去，连滚带爬总算是回家了。回家躺床上就起不来了。好在当时他妈和他姐姐对他也不错，娘俩在床边没黑天带白天地照顾他。这娘俩呢，一个好讲鬼故事，一个爱看笑话书，一个天天说神论鬼，一个就在一边乐。他躺在炕上又动不了，整个是活受罪。打那天开始，除非是地震，否则他绝对不往门外迈一步。

三、胆小之人要出门

后来姐姐给人家当外宅了，他这日子也好过了点儿，但还是不爱出门。这天他那姐夫派人给他家送盐。

他这送盐比别人麻烦。给盐运使的外宅送盐怎么还那么麻烦啊？盐运使衙门没有盐，盐都在盐场里放着。每回都是盐运使派个人拿个条子，以检查的名义运走几包，然后再拉到"小胆儿"他们家。

这回出了点儿岔头。拿着条子负责取盐的那个人犯病了，好在他觉着自己要不好，就没去盐场，直接到"小胆儿"他们家了。一进门就趴地上了，趴下就起不来了。府里的人认识他，送盐也好还是干什么也好，盐运使老派他过来，一看他这情况就知道是病了，赶紧找大夫给他看病。

把人救过来之后，那人说了，每回批的领盐的条子都有日期，过期就作废了。这也是防着办事儿的底下人捣鬼，卖私盐。他自己一时半会儿起不来，必须派人尽快去盐场。盐场那儿还有个规矩，必须得是熟人拿条子才行，生脸人家还不给。最后商量来商量去，这活儿落在"小胆儿"身上了。

蔺家是外宅，说白了就是半公开性质的地下情人，所以他们家并没有几个使唤人。每回把盐搬来，都是人家盐场派的人。"小胆儿"接收过几次，所以算熟脸。最主要的，这毕竟是挪用公共财物，不好公开，最好还是得自己人去办，所以也就只可能是他了。

打这任务一下来，"小胆儿"就开始往厕所跑。他就害怕出门，但是这回是怎么也躲不过去了。磨蹭了一会儿，他这才回到自己那屋，准备好护身符、黄表纸、黑狗血、黑驴蹄子，手上缠着佛珠，腰里别着拂尘，背着桃木剑，举着十字架，一步俩脚印地就出来了。走出去没多远又回来了，取盐的条子没拿。人都散神了。

万幸，这一道上都没出事儿。出门，过河，去盐场，取盐，回来让人家派人过来装船，一切都四平八稳，很顺利。"小胆儿"这才稳住了心神。可就在装船的时候，出问题了。

四、私房密语惹误会

这回领的盐并没有多少，就两包。人家盐场就派了一个人出来，加上他一共两个人，再加两包盐，摆渡一趟就能过去。正找着呢，他就发现老梁正跟王寡妇聊天呢。走近了一听，这俩人说的这话怎么听怎么不对劲。

就听那寡妇说:"几个?"

老梁回答得也挺干脆:"一个。"

"你再看看?"

"哦,俩。"

"俩你对付得了吗?"

"没问题,天天晚上都是这个数。"

"晚上活儿多吧?"

"你也知道,越到晚上越多。"

"抻条面还是馄饨?"

"馄饨吧。抻条面太费事儿了。"

"你直接来更省事儿。"

"直接来,那难受了。怎么都得有个过程。"

"讨厌!完事儿等你。"

"你放心吧。"

说完,王寡妇就走了。

她是走了,"小胆儿"愣在这儿了。他但分①时常出门,就知道这摆渡的老梁跟这王寡妇的事儿。这俩人刚才是说了点儿私房话,可惜他是大门不出二门不迈,所以他不认识这俩人。不出门他闷得慌怎么办呢?经常会叫个唱戏的,叫个说书的,上他们家来给他表演。他听人家说书

---

① 只要,只要是。

的说过，到了船上人家问你"吃抻条面还是吃馄饨"，那是问你"是宰了你还是你自己跳河"。从那一刻起，他这心里就哆嗦上了。

他不认识老梁，跟他一块儿来的那个盐场的人认识，一看是老梁使船，老远就喊上了："老梁！来买卖了。"老梁也认识盐场这人，就把船划过来了。不容分说，也不谈价钱，盐场这人就把盐给扔他这船上了，一看"小胆儿"在那儿打愣呢，就把"小胆儿"也给拽船上了。

一到船上，"小胆儿"这心啊，一直就在嗓子眼这儿提溜着，提鼻子一闻，这船里还有一股子奇怪的味儿。他从心里就认为那是死人味儿。其实那是王寡妇送的那两个虾酱馒头。越想越害怕，他差点儿没吓死过去。

有道是"船家不打过河钱"。干摆渡的，撑船的，都是船划到一半找人家要钱。老梁把船停住，过来就找"小胆儿"要钱。他刚往前走两步，"小胆儿"哇的一声就叫出来了，直接就往水里面跳。跳进去就昏死过去了。老梁这使船的人能不会水吗？赶紧下船去救。反正人最后是得救了。

事儿一弄明白，谁听见谁都乐。

五、结尾

故事说完了，但是有句话我得跟您各位讲，生活节奏一快啊，各种误会都会随之而来，有些事儿您别想当然，多琢磨琢磨，误会自然就会消除。

十九

吃虾论

拿筷子夹起一个来，往嘴里一放，咸、甜、辣、香，四味一体，而且还得外脆里嫩，顺着嗓子眼自己往下滑，这才是好虾球。

之前咱们讲了一个虾酱馒头的故事，要说具体怎么吃虾呀，那可有的说了。今儿个呢，咱们就不说别的了，专门给您说说"吃虾"那点儿事儿。

从古至今，有好多人爱吃虾，比如说《随园食单》《山家清供》这些书，咱们之前都提到过，就介绍了不少吃虾的办法。有些听着就很雅致，比方说《山家清供》里面有一道"山海羹"。春天的时候，采些新鲜的笋和蕨菜，拿开水一煮，然后把新鲜的鱼虾切成块，泡汤蒸熟，加上酱油、麻油、盐、胡椒粉，和绿豆粉皮一块儿拌匀，加点儿醋，这就叫"山海羹"。虾在这里面的作用，就是提鲜入味儿。不过呢，这个"山海羹"的名字听着好听，仔细一想，味道可能也没有太好。因为那毕竟是文人做饭，烹调办法还是太简单。同样是宋朝，您再看《梦粱录》——这书咱们之前也没少提，那里面吃虾的办法就多了，有"鲜虾粉""酒炙青虾""青虾辣羹""紫苏虾"什么的，好多种。等再到了清朝，您看《随园食单》，又有了好多新做法，有些做法要是不告诉您，您都想不到是用虾做的，比如"虾圆"，其实就是现在的虾丸，那会儿就已经有了。再比如说"虾饼"，把虾捶巴烂了，团成小饼，拿油一煎，这就是虾饼。其实现在好多地方也有这种做法，只不过今天再做，做得就比这个虾饼花哨。比如说"虾托"，不用虾肉，用虾皮就能做，把虾皮打碎，跟鸡蛋液打在一起，搁点儿盐，拿平底锅，热锅冷油，把这糊拿勺摊在里面，过会儿工夫再翻个面，做出来跟糊塌子似的，可是您吃一个就知道了，这可比糊塌子好吃多了。

要真说吃虾呀，还得说现在。如今咱们的食材、调料多丰富啊，古代没有现在的条件那么好。说起虾，好多人都爱吃，而且虾的种类呀，也非常多，像螯虾、对虾……在我记忆中，好多虾都曾经流行过那么一阵，您像皮皮虾、大龙虾、基围虾，还有现在好多人都爱吃的这小龙虾。虾这东西，又鲜又有营养，按说大家应该都爱吃。但是也有人就说了："我就不爱吃虾，剥这虾壳啊，太麻烦。"其实，虾壳本身也可以吃，还补钙呢。您要说非剥虾壳的话，也挺容易。比如说最常见的大白虾吧，一般好多人爱"白灼"着吃。这壳怎么剥呢？您从虾头往下顺着数，数到虾的第三片壳，得把它先剥下来，然后揪住虾尾巴，往后一拽，整个虾壳就都开了。至于说怎么拾掇这个虾，之前咱们讲"虾酱馒头"的时候，就说了几句，其实咱们现在做虾的方法太多了，全说也说不过来，咱们还是那句话，说到哪儿算哪儿。

吃虾呀，我有发言权，我老家不是天津嘛。我记得之前咱们说过：

"借钱吃海货，不算不会过。"天津那是水旱码头，要说起怎么吃虾，那太有传统了。过去有这么一句老话："吃鱼吃虾，天津是家。"首先一个，天津虾的种类就多，光我知道的就有十几种，像什么晃虾、青虾、白米虾……还有这渤海湾的对虾，在世界上都有名。由于天津这地方特殊，有河又有海，所以过去天津出的对虾，又带着海味儿，又有河鲜的那种淡香。那时候，北方的渔民，一般每年九月份开海，捞上来的海捕大虾，三十多公分长，个儿大，肉又特别瓷实，比养殖虾好吃。怎么区分哪个是海虾，哪个是养殖虾呢？真正的海虾，皮壳是硬的。那养殖的虾就不行了，平常不钻沙子，活动也少，所以壳就软。而且，正经好的海虾，虾黄多，养殖的虾就不行了。

在天津，吃虾的办法，那太多了。您就拿这晃虾来说吧，为什么叫晃虾呢？因为这种虾上市的时间，就是春节前后那么一晃，所以叫晃虾。皮薄，颜色粉白粉白的。吃的时候，烙大饼，煮绿豆稀饭，然后，拿过这虾来，把虾枪、虾爪子、尾尖都剪了去，洗干净了，抓把细盐，拿面粉裹上，搁笊篱里面，下热油一炸，"刺啦刺啦"一过油，炸出来之后，外面是脆的，里面的虾肉是嫩的，而且带着一股子特殊的甜味儿，拿烙饼把虾一卷，咯吱一嚼，然后就着绿豆稀饭，"忒儿喽忒儿喽"一溜缝儿①，太美了。这还是老百姓家吃虾，要搁在酒楼，那吃法就更多了，光这一个晃虾，就可以炒个晃虾仁啊，煎个虾扁啊，各种吃法。

再有就是这青虾，也是河虾的一种，秋冬季的青虾最好。咱们之前

---

① 意思是"吃完了干的，再喝点儿稀的"。

说过天津的"八大碗"，其中这个炒虾仁，炒的就是青虾。清汁炒，不勾芡，炒的时候配点儿嫩黄瓜丁，加点儿白果，做成白果炒虾仁，看着绿白分明，吃起来味道甘鲜、爽脆。

要说吃大虾，最常见的办法，就是"油焖大虾"。这个简单，咱家里就能做。现在有人跟我说："好多地方一说油焖大虾，就说做的是小龙虾。"但是这是近些年的新说法，过去天津的油焖大虾，用的是大个儿的海捕对虾。炒的时候，得让虾脑袋里这虾膏流出来，它这油就是红色的了。别瞧做起来简单，火候可不好掌握，得把这虾的鲜味儿逼出来，还不能把虾皮弄煳了。要到了酒楼，那做法就更多了。您像天津著名的酒楼——登瀛楼，取的是"寻仙访道，登上瀛洲"的意思，这可是天津著名的老字号，1913 年就有了。人家这儿做虾，有道菜叫"银龙啸天"，大虾十只去头，虾身去皮，背上片开，把草鱼的鱼泥给抹进去，虾整个弓起来，上屉蒸，最后摆盘的时候，生菜丝跟虾头摆成一条龙似的，虾一个个摆上，造型又好，味道又棒。

等到了山东，这也是靠海、靠河的地方，那甭说啊，吃虾也很讲究。山东有道用虾做的名菜——"芫爆虾腰"，说白了就是"芫爆虾"和"芫爆腰条"的结合体。现在有的地方写菜名的时候，"芫爆"的"芫"，给写成了"盐"字，这不对。所谓"芫爆"，那是因为要用到香菜（北方好多地方管香菜叫"芫荽"），所以这种用香菜爆炒的方法，才叫"芫爆"。到了山东，您是知道啊，这地方湖多、泉水多，所以做"芫爆虾腰"这道菜，用的是山东的湖虾。做的时候，猪腰子改刀，切成薄片，取新鲜的虾仁，用鸡蛋清和湿淀粉打成浆，给虾仁、猪腰上浆，上完浆，得拿油给虾仁、猪腰封油，锁住虾仁、猪腰的鲜味儿。然后把香菜、葱、胡萝卜丁，跟醋、料酒、盐在一块儿调好了汁，锅里多下油，把虾仁、猪腰、葱段、胡萝卜丁下去爆炒，最后一浇汁，"咔咔"翻炒几下，这菜就能出锅了。

山东还有一个用虾做的名菜——"御带虾仁"，这是孔府菜，咱们之前也介绍过孔府菜。为什么叫"御带虾仁"呢？这儿还有个出处。孔府第七十六代衍圣公孔令贻——这位您还有印象吗？咱们在《剩饭论》那篇提到过，就是爱吃剩饭的那位。这位在光绪年间，前后四次进京朝圣。这是孔圣人的后代呀，朝廷也不敢怠慢，慈禧太后亲自赏赐给衍圣公"双眼花翎"，还赐了他一条御带——御用的裤腰带。等衍圣公在北京面完圣了，也祭拜完孔庙了，就得回山东呀。一回到山东，孔府厨子摆宴接风。知道老爷这回在北京露脸啦，厨子也卖卖力气，巴结巴结主子，把大青虾的虾头、虾尾都去了，就留中间这一段，然后搁笊篱里面，一遍一遍拿热油冲，最后一爆炒，虾环整个是红色的，虾肉是雪白雪白的，衍圣公一吃，倍儿高兴，一想皇上家赐给我一条御带，这虾做得又特别像一条御赐腰带的样子，得了，就叫"御带虾仁"吧！

等到了北京，天子脚下啊，有那么几种皇上吃过的虾，那是独具特色。您比方说，北京仿膳饭庄，就有不少好吃的虾菜。仿膳饭庄好多人都知道，就在北海公园里，漪澜堂内。仿膳饭庄的菜谱里，光做大虾的菜，我看就不下十种，什么"琵琶大虾""抓炒大虾""凤尾大虾""罗汉大虾"……就拿这罗汉大虾来说吧，主料是大对虾、鱼泥、鸡蛋，做的时候，把这上好的大对虾拿过来，去头，虾的沙袋也得去了，洗干净了，把剩下的虾段，拿熟猪油一炒，再加上清汤、白糖、盐、酒、姜丝，煮个十分钟左右，就可以浇汁装盘了。但要是这么简单啊，也就不是御膳了。一直说到这儿，这都是明面上的步骤。除了这些之外，还得再用一批对虾，把对虾这身体部分去了壳，切开，抽筋，然后抡起菜刀来，先用刀刃剁，后用刀面拍，"啪啪"都给弄成虾泥，拿用盐、酒拌出来的煮鸡蛋白，往这虾泥上涂，最后拿火腿丝、油菜做装饰的小图案，全摆好盘之后，再搁笼屉里蒸熟。最后的最后，用清汤、酒、盐、玉米粉做成芡汁，往对虾上一浇，这就叫"罗汉大虾"。往盘里一看，不多不少，一共十八只——十八罗汉嘛。

不过呢，这是仿膳的做法，您听着是不是觉得已经挺麻烦的了？同样是"罗汉大虾"，到了"谭家菜"那儿，那就更麻烦了。谭家菜是北京特别有名的一家私家菜，罗汉大虾到这儿，做法比仿膳还要复杂得多。别的不说，光这用料，要用黑芝麻、荸荠、豌豆、竹笋、水发冬菇……做的时候，虾的前半段和后半段得分开做，做出来讲究色彩分明，卖相上首先就特别占便宜，再一吃，味道很好，您要是有兴趣可以尝尝。

其实北京吃大虾的名店挺多，过去的新侨饭店有著名的"瓤百花虾"，康乐餐厅有"兰花大虾"。等到了上海，这也是大城市，而且靠海，那吃大虾也是在论的，按今天网上的话说，"必须有姓名"。

上海过去有个著名的馆子，以前叫"五味斋菜社"，如果没记错的话，应该就是后来的人民饭店。当初，这儿做的苏州、无锡一带的"太湖船菜"，那是一绝。咱们之前说过"船点"，里面有好多，就是配合船菜来的。五味斋这儿，就有一道著名的大虾菜，大名叫"春雷惊龙"，不过呢，这名过于雅了。老百姓就这样，过于雅的名字，它传不起来，非得是俗的，而且得俗到一定程度的名字，才能传得起来。所以老百姓不叫它"春雷惊龙"，就叫"虾仁锅巴"。顾名思义，那就是拿虾仁跟锅巴做的呗。关于这个菜的来历，又跟乾隆皇上挂上了，反正呢，这有点儿名气的菜，就可着这几位挂——要不就是朱元璋，要不就是乾隆，要不就是慈禧太后。据说乾隆有一回下江南，在苏州，就跟好多故事里说的一样，又走丢了，身上又没带钱。路过一个饭店，乾隆进去的时候，正赶上老板娘在那儿剥虾仁呢，可是除了虾仁，就没什么别的菜了。老板娘瞅瞅，锅里还有一锅锅巴，就起了个油锅，搁上笋丝、火腿丝、虾仁，啪啪一炒，用糖醋勾了个芡下锅，再把这锅巴掰巴掰巴，下油锅一炸，又酥又脆。

最后，老板娘一只手把锅巴端上来，另一只手端着虾仁这汁，把虾仁这汁，往锅巴上一倒。就听刺啦一声，一股子糖醋的鲜香，冲天而起。皇上一看，得啦，甭渗着① 啦，开吃吧。甩开腮帮子，撩开大槽牙，跟倒土箱子似的，嘎吱嘎吱这么一吃。嘿，锅巴是又香又脆，虾仁是又鲜又嫩！乾隆美啦，当场定了个名——"天下第一菜"！好嘛，怎么就天下第一菜了？这就是个故事，咱也别当真。不过呢，当年五味斋做的那个虾仁锅巴，那是真好吃。

提起吃虾，还有一种菜系不能不提——川菜。现在一提到川菜，好

---

① 静静待着，消极等待。

多人都觉得就是辣，其实不对。川菜可不光是辣，正经老川菜，也分好几派，讲究多种口味儿。所谓"百菜百味"，才是川菜，都一个味儿，就剩下一个辣，那就不是川菜了。

要说起吃虾呢，四川有的是水啊，虾也不少。比如说"豆瓣大虾"，这个菜就特有名。豆瓣大虾嘛，顾名思义，肯定要用到豆瓣酱。把大虾收拾好了以后，起大油锅，炸变色了捞出来，留点儿底油，炒蒜末、姜末、干辣椒，然后啪地下一勺郫县豆瓣酱，最后把大虾下下去，炒熟了一调味儿，这就得了。但您别瞧我这儿一说，您觉得挺简单，实际上真做起来，这菜要大火力。就跟其他川菜一样，这火得钉得上，越是老油锅，火力冲，这菜做出来就越好吃。相反，您要说拿咱家那天然气，开到最大能有多大呀？一点点地燎，根本就打不透锅，那味道完全不一样。所以说，中国炒菜最重要的就是火候，这话真没错。

川菜还有一个重要的大虾菜——"宫保虾球"。宫保鸡丁您各位都熟，但一说还有宫保虾球，好多人就不是特清楚了。其实，当初的"宫保菜"，是一个系列，都是丁宝桢他们家的私家菜，不光有宫保鸡丁。现在还有的饭馆，干脆把宫保虾球和宫保鸡丁这两样菜做成一样，叫"宫保虾球鸡丁"。据说，要做好宫保虾球，至少得当学徒二十年，先练"案上"的功夫，得会切；练完了切，得练配菜；最后到学烹调的阶段，先得会"干炸货"，炸肉、炸丸子什么的，这道关再过了，这才能说让您炒菜呢。最后到了炒虾球的时候，用黄瓜、冬笋、腰果做配菜，大虾后背切一刀，卷上，成个虾球，然后用薄水淀粉抓匀，下热锅炸，最后下这些配料，啪啪一炒。拿筷子夹起一个来，往嘴里一放，咸、甜、辣、香，四味一体，而且还得外脆里嫩，顺着嗓子眼自己往下滑，这才是好虾球。

得啦，今天就写到这儿吧。其实啊，这虾的做法呀，无穷无尽，咱们说了这么多，也没说完百分之一，以后有机会再说吧！

二十

鸡蛋论

为什么我老提鸡蛋呢？没有别的，就因为鸡蛋这东西它好
吃啊。

今儿个哪，又到了跟您聊吃的时候了。正好，我前些天看有人评论，忘了是谁说的了，说郭老师跟于老师讲吃讲得不一样，郭老师一提吃，就老爱说"飞俩鸡蛋"。是，这位朋友看得还挺仔细。不过您得想，为什么我老提鸡蛋呢？没有别的，就因为鸡蛋这东西它好吃啊。

鸡蛋这东西，不但好吃，而且用现在网上流行的话说，还特别"百搭"，跟谁都能炒一块儿。您琢磨吧，西红柿炒鸡蛋、韭菜炒鸡蛋、菠菜炒鸡蛋、黄瓜炒鸡蛋……反正鸡蛋跟什么都能搁一块儿，毫无违和感。另外，您就是不拿它炒什么，做饭您也得经常用上鸡蛋，像上个浆或者做个蛋糕之类的，哪样离得开鸡蛋？鸡蛋的用处太大了。

我老家是天津，好多人都知道，天津人吃早点，讲究自己带鸡蛋。比如说吃煎饼馃子，讲究一点儿的老天津人，都是打自己家拿鸡蛋，不用煎饼摊上的那个鸡蛋。因为煎饼摊上的鸡蛋都是批量进的货，个儿都

小。而且好多人不知道，带鸡蛋也不光是为了这个，还有一个目的。什么呢？拿鸡蛋排队。怎么排呢？人家煎饼摊那老板，把装鸡蛋的那种槽，摆在窗口的位置。然后，不用人嘱咐，谁先来的，您就把您自己带那鸡蛋，码在靠近师傅那格里，谁在后面来的，您自觉把鸡蛋往后排，这不就排上队了嘛。有人说鸡蛋都长一个模样，这么排队那还不乱了吗？还真就乱不了。人家师傅都干这个多少年了，谁的鸡蛋是谁的分得一清二楚。这儿把鸡蛋打在煎饼里的工夫，人家师傅就把后面的鸡蛋往前挪。所以天津有的人，把鸡蛋往人家摊上一搁，自己就该干吗干吗去了，一会儿过来拿，准错不了。除了吃煎饼馃子自带鸡蛋，在天津，喝碗馄饨，也可以自己带鸡蛋，特别方便。

好多人都知道，北方好些地方，尤其是北京，过去管鸡蛋不叫鸡蛋，叫"鸡子"。这说法怎么来的呢？有人就说了，这是因为清朝的时候，太监公公们忌讳说"蛋"这个字，所以不敢说鸡蛋，就都改叫鸡子了。其实不对，您瞅瞅好多古书上，都管鸡蛋叫"鸡子"。您比如说，晋朝有本书，叫《风土记》，我记得里面就已经把鸡蛋叫作鸡子了。其实这个好理解——鸡蛋，那不就是鸡的儿子嘛。所以，拿鸡蛋和鸡肉两样做在一起的菜，有的地方就称之为"母子菜"。而且，这样的菜还挺多。您比如说，做个"滑蛋鸡肉"，拿鸡肉跟鸡蛋、团粉一抓，咔咔一炒。再比如说，大家常吃到的一道鲁菜——"芙蓉鸡片"，这也是拿鸡蛋跟鸡肉片做的。

今儿咱说怎么做鸡蛋，我是不想给您说那些太简单的。什么炸个鸡蛋、煮个鸡蛋、卧个荷包蛋之类的，那还用我说吗？您比我熟。要说，咱就说点儿那特别一点儿的、比较隔路①的做法。

头一个，就是这茶叶蛋。相声里不是常说嘛："卖米的、卖面的、卖煤的、卖炭的、卖葱的、卖蒜的，卖茶叶的、卖鸡蛋的，合起来叫卖茶叶鸡蛋的。"茶叶蛋可能是咱们最常见的一种小吃了。把鸡蛋煮到蛋清开始凝固了，敲开点儿缝，搁上茶叶，连带着再放点儿桂皮、小茴香、八角，搁点儿料酒，搁点儿盐，搁点儿白糖，一煮，这就是茶叶蛋。您别瞧就这么简单，有的人吃茶叶蛋还特讲究，有拿绿茶煮的，有拿红茶煮的，多贵的茶叶都敢使，据说做出来味儿还不一样。

茶叶蛋是怎么发明的？这个年头太长了，咱也不好说。不过据说跑不出今天的江苏、浙江、安徽这三个省。听说直到今天，您要是去南方，去这几个省，到人家当地农村去，人家当地那农民，还有这么个习俗，就是拿出茶叶蛋来招待客人。人家那儿吃茶叶蛋，到今天也是特别讲究。甚至有人跟我说过，说有的地方做茶叶蛋，还得放点儿蚝油、鸡精、生抽、老抽，那味儿就更浓厚一点儿。早上起来，吃根油条，喝碗豆浆，喝点儿粥，再来个茶叶蛋，那甭提多美了。

关于茶叶蛋，还有这么一个故事，我估计好多人都听过。说当年光绪皇上爱吃茶叶蛋，但是内务府蒙皇上，说："茶叶蛋这玩意儿，您可不能多吃，鸡蛋这东西，那可金贵啦！您知道一个鸡蛋多少钱吗？三十四两白银！"这皇上跟傻子似的，一听差点儿吓出毛病来，好家伙，我吞金也没这么贵啊？看来老百姓肯定吃不起。有一回，光绪皇上跟他老师

---

① 特别；特殊。

翁同龢说："鸡蛋这东西好啊，可就是太贵了，翁师傅吃过没有？"翁同龢心说："也就是你这个傻小子没吃过，谁还没吃过鸡蛋啊。"可是翁同龢能得罪内务府吗？只好说："我们家就是祭祀祖宗的时候，拿出来摆摆，平常我们可不敢吃。"

而且，清朝皇上在鸡蛋这事儿上吃瘪，这还不是唯一的一回。光绪的爷爷道光皇上，也在鸡蛋这事儿上，让内务府掐得死死的。道光皇上那人，抠得都出奇，他自己不吃肉，也不让后宫吃肉，大夏天的，不让后宫吃西瓜，只让喝水。穿衣裳呢？龙袍上都打补丁。您想他都打补丁，那文武百官有敢不打的吗？所以道光皇上那时候一上朝，您瞅吧，满朝文武都跟叫花子似的。

就这么个抠门皇上，唯独在吃鸡蛋这事儿上，兔儿爷过河——崴泥了。道光皇上这人，特爱吃炒鸡蛋。可是民间卖三个铜子的鸡蛋，宫里三十两银子一个，道光皇上每年光吃鸡蛋，就得花上万两白银。道光不像他孙子光绪，他还是懂市井民情的，但是明知道是内务府捣乱，他也没辙，只好凭这帮内务府的官贪。您别瞧他自己吃这么个哑巴亏，他把这火转移了，撒在臣子身上。当时有个大臣叫曹振镛，有一回，道光突然问他："爱卿，你们家谁买菜啊？"曹振镛为了显得自己清廉啊，赶紧说："我怕底下人坑我，都是臣自己买。"没想到道光紧接着来了一句："那爱卿，你知道现在鸡蛋多少钱一个啊？"曹振镛多鬼啊，心说不对，这话里有埋伏！好险好险，差点儿着了皇上的道啊！他眼珠一转："回皇上，我小时候得过一场大病，大夫说我这辈子都不能吃鸡蛋了，所以鸡蛋多少钱，臣不知道。"

他不知道，有人知道啊。您看过《红楼梦》吧？第六十一回，司棋手底下那小丫头莲花，跑到厨房找柳家的。干吗呀？"司棋姐姐说了，要碗鸡蛋，炖得嫩嫩的。"您听见没有？"司棋姐姐说了……"司棋是谁啊？不也是伺候迎春的丫头嘛，就这么大势派？柳家的一听，火就上来了，那片儿汤话①马上啪啪往外甩："今年这鸡蛋短的很，十个钱一个还找不出来……我倒别伺候头层主子，只预备你们二层主子了。"结果司棋脾气多大，马上就翻车，领着一堆小丫头，到这儿来就把厨房给砸了——"凡箱柜所有的菜蔬，只管丢出来喂狗，大家赚不成！"看完这段，好多人都说："这司棋，好家伙，比鬼子进村还厉害！不就为了几个鸡蛋嘛，至于吗？"是，司棋是太横了，她那意思就是：我这么大丫头，让你给炖几个鸡蛋，那不是给你脸啊？！吃你几个烂鸡蛋，还敢在我面前提钱？老子在城里吃馆子都不问价！可是呢，一个巴掌拍不响，柳嫂子也不对，为了让自己女儿"五儿"能进怡红院，天天给芳官免费做好吃的。时间一长，别人能没闲话吗？你这小厨房，大家都掏钱，凭什么单给她做，不给我做？柳嫂子这么个做法，那不是找倒霉吗？

司棋叫把鸡蛋"炖得嫩嫩的"，这是什么东西啊？用今天的话说就是"鸡蛋羹"。鸡蛋羹您各位肯定都常吃。但是这东西要想做好了，也不那么容易。有的人说了："我做出这鸡蛋羹怎么这么老啊，我看人家那鸡蛋羹都做得挺嫩的。怎么把鸡蛋羹做嫩了呢？"我跟您说，您打鸡蛋的时候，不是得往里添水吗？添的这水，不能是凉水，得是温水，这样做出

---

① 指逗趣、讥讽的话语。

鸡蛋羹来，才能嫩。另外，打鸡蛋的时候，您也别拼了命地打，轻轻地打，别让鸡蛋起太多泡，要不它里面有空隙，蒸出来也不好吃。最后就是放盐。北方一般都是搁盐，南方人家有的地方是搁蚝油，但甭管搁什么，不能搁太多，要不光剩下咸味儿了，鸡蛋的鲜味儿一点儿都出不来，那就算白做。

　　鸡蛋羹就算嫩的吃法了吧？可是还有比这个嫩的。什么呢？"敲敲蛋"。20世纪80年代，咱们内地引进过一部琼瑶的电视剧，叫《几度夕阳红》，中年以上的朋友应该还有印象，里面就有一种吃食，叫"敲敲蛋"。什么东西呢？说白了，把鸡蛋煮到水一开，这就不煮了，马上放到冷水里。吃的时候，啪啪把蛋壳敲开一个小口，然后拿嘴对着这小口，嘴对嘴长流水，把里面这蛋液"忒儿喽"一吸，这就算是吃了。不过呢，这个做法，我是没怎么考证过，也不知道这说的是真是假。正经来说，重庆那边，倒是有一种跟这个很像的吃鸡蛋的方法——"醪糟蛋"。李派快板有个著名的节目，叫《劫刑车》，估计好多人都知道，里面那茶馆老板娘接待双枪老太婆，不是有句词嘛——"您老是喝茶还是吃鲜货？有甜食蜜饯，咱们这儿的江米醪糟最好喝。"醪糟蛋，说白了就是醪糟煮鸡蛋。一般就是放上醪糟，搁上适量的水，把它烧开，打进鸡蛋去，煮熟了搁到小碗里，加上点儿猪油啊，白糖啊，这么吃。正经好的醪糟蛋，蛋黄是生的，又叫溏心蛋，不知道那个敲敲蛋，原型是不是就是醪糟蛋。

　　其实，像江浙一带，也有类似的吃法——把鸡蛋跟酒还有糖一块儿煮。而且我知道，江苏菜里，鸡蛋菜可不少，您像"虎皮鸡蛋"，就特别有名。人家这做法特别奇特——先煮后炸。把新鲜鸡蛋搁在水里煮熟了，然后剥下壳来，再下锅油炸，里面搁点儿辣椒、八角什么的。您想，这蛋白让油一炸，皮整个是油酥的，深黄色，而且起皱纹，乍一看跟虎皮似的，所以才叫虎皮蛋。

不过呢，有的朋友就该说了："你不是说，要说点儿'隔路'的吗？这不是茶叶蛋就是鸡蛋羹，说到现在了，还都是些小吃，也没有什么特别的啊？"您别急，马上隔路的就来了。

比如说，到了河南，有这么一道菜，叫"铁碗烤鸡蛋"。顾名思义，做这菜，您得准备一个铁碗，这铁碗还得带盖。这种东西，过去都能买着，不知道现在还有没有卖这个的了。

具体怎么做呢？打四五个鸡蛋，弄成一大碗蛋液，里面放上干虾仁、虾子、盐面、鸡油。挑几个大个儿的荸荠，削皮剁成泥，也倒进去，再倒进半碗鸡汤，然后咔咔猛打。这儿打完了鸡蛋，把铁碗跟铁碗的盖，都拿夹煤块那大夹子夹住，把这铁碗，还有盖，分别放在大火上烤。铁碗烤个两成热就行了，这碗盖，得更热，要烤到六成热，但是两样东西都不能烤得太烫，要是都发红了，那就不行了。

铁碗跟这碗盖都烤热了，就把这鸡蛋液整个倒在铁碗里，然后把这烧热的碗盖咔一下扣上，盖四五分钟，这里面的蛋液整个就成了焦黄色了。再把这碗盖拿下来放在一边，换一个扣碗扣上，再在火上烤一刻钟，这蛋液表面在里面整个就涨起来了。装盘的时候，在盘上先码上一层菜叶，然后，菜上倒一勺料酒，把铁碗整个啪地放在盘上。上桌的时候，把扣碗一揭开，啪一股子热气，就跟箭头子似的打出来了，趁热一吃，又鲜，又爽口，比蛋挞可好吃多了。

做高级菜的时候啊，还有一样用鸡蛋做的东西，特别有用。什么呢？蛋皮。您像做个春卷啊，做个蛋饺啊，有时候就得做蛋皮。其实咱们平常在家，有的人也做蛋皮，把鸡蛋打匀了，搁在炒勺里，火上一转，这不就是蛋皮了吗？但是正经做高档菜，蛋皮的做法更讲究。您比如说，清朝宫廷里有这么一道菜，叫"炸佛手"，那个蛋皮，做得就复杂。怎么做呢？得选上好的猪肉馅，加味精、料酒、香油、盐、葱姜末，拌上一些棒子面，把它拌匀了，先搁在一边腌着它。然后，把鸡蛋磕在碗里，点上一点点水，然后搁上玉米粉，还有盐，就跟钢筋水泥那原理似的，让鸡蛋液能上劲。炒勺里放上一点儿油——您记住，不能就这么汪着①，得拿刷子刷在炒勺上，然后鸡蛋液倒进一半，一转就是一张皮，转好了以后，炒勺上火微微一烤，蛋皮就离勺了，然后用手勺接住，这就是一张。

把做好的这蛋皮，从中间切开，肉馅分四份，蛋皮边上还得抹上点儿面糊——不然它粘不上啊，把肉馅拿蛋皮卷成宽一寸的长条，然后每隔二分宽切一刀，不切断，第五刀切断，这就成了一个个小佛手了，然后用七成热的油锅一炸，捞出来，这就叫"炸佛手"，也叫"炸佛手卷"。

鸡蛋还有一种不多见的吃法——"锅炸"。什么叫锅炸呢？简单理解，相当于拿鸡蛋跟面粉做的一种点心吧。锅炸可以做很多种，像"麻糖锅炸""芝麻锅炸"什么的。芝麻锅炸，这也是一道宫廷菜，用面粉跟玉米粉，加上鸡蛋，三种在一块儿打成糊，坐上一口锅，搁点儿水，水

① 指聚着（液体）。

一开，放鸡蛋糊下去煮熟，不用太长时间就捞出来。然后，在案板上撒上一两玉米粉，把这煮好的糊倒在玉米粉上，拿菜刀把它整个拍平了，切成一个个长方条，然后撒上玉米粉，整个裹上，再下一遍油锅，整个炸成黄色，捞到大盘里，把芝麻干炒到发黄，搁案板上，拿擀面杖擀成面，撒上白糖，这菜就算行了。外皮是又甜又脆，里面是又细又嫩，还带着芝麻的香味儿，太好吃了。

其实咱中国人吃鸡蛋，那方法多了，好多咱还没说呢。您像"鸡蛋豆花""摊黄菜""鸡蛋松"什么的，这都是鸡蛋菜。但是咱还是得说清楚，鸡蛋好吃，但是再好吃，您也得重视量，这玩意儿胆固醇可高。当年袁世凯就爱吃鸡蛋，一顿饭干下去十几个，最后得了尿毒症，您受得了吗？所以说，再爱吃的东西，您也得悠着点儿。

二十一

酱货论

据说好多人临死的时候，就要求："我要吃一顿天福号酱肘子！"

最近的天又热了，天一热啊，好些朋友就懒得在家弄饭。现在还好，您等再过些日子，暑气彻底一上来，您要是再进厨房的话，那可就酸爽了——连蒸带烤，外加抽油烟机这么一吸溜，那哪儿是做饭啊，纯粹是受罪。所以好些人一到夏天，就凑合凑合，在外面买点儿现成的，再熬点儿粥、焖点儿饭，就完了。

这种现成的东西，那可太多了，小咸菜啊，小酱菜啊，豆制品啊，种类很多。最美的，就是弄点儿熟食、酱货，像什么酱牛肉啊，酱猪蹄啊，肠子啊，再弄点儿烙饼馒头，咔咔一吃，又管饱，又解馋，还省得您下厨房受那罪了。

说起这酱货啊，那我可太有的说了。我老家是天津嘛，所以但凡说起吃的，自然而然地就先想起天津。天津人就特爱吃酱货，饭桌上经常弄点儿肠子啊，小肚啊，甭管是自己吃，还是待客，都是又好吃又方便。

天津有两个地方的酱货是比较有名气的，头一个是"二厂"，就是"天津食品二厂"，他们生产的"迎宾牌"酱货，那是天津人特别爱吃的。那老天津人上超市买酱货，还得问哪："是二厂的吗？"要说不是啊，那还不买呢。尤其在早年间，物质还比较匮乏，天津人逢年过节想来点儿荤腥，太贵的又舍不得买，怎么办呢？攥着粮票，排队买酱货去吧。

二厂的前身啊，是俄国人开的一个买卖铺，叫"米各士肠子铺"，就在小白楼一带。1932年，有一位老师傅，叫田振昌，到这肠子铺来上班来了。这位田师傅呢，原来在哈尔滨，也是做这些酱货的。大家都知道，哈尔滨的酱货，那质量是特别好，为什么呢？因为人家做肠子用的是从俄国传过来的技术。到今天好些地方，您还能看见"哈尔滨红肠"的牌子呢。

田师傅到了天津这家肠子铺以后，就把这种技术也用上了，又在配方上、配料上进行了各种改良。这么一来，这肠子铺一下就火了，这也就是后来二厂的前身。现在您要想买二厂这"迎宾牌"酱货，那太容易了，哪儿都有分店，哪儿都排大长队，买点儿老粉肠、老拐头、蒜肠、罗汉肚，回家一吃，太美了。

那么它这肠子有什么特点呢？首先来说，它用的是精制的猪肉，还用了很多天然的香辛料，配方就很好。再拿刀一切，您一看这横切面，就能看出肉质是特别紧密的，肉色发嫩红色，切一片搁在嘴里，口感又嫩又滑，肉香味儿也足，而且在嘴里能长时间地留住味儿，特别好吃。

除了这些，二厂的酱货还有虎皮凤爪——这个给于老师下酒那太合适了，先卤，后炸，外面是一层虎皮，您都不用扒拉它，拿嘴一嘬，肉跟骨头就分开了，那香味儿都沁在骨头里，仔细咂摸还有一股子甜味儿。另外像什么猪头肉啊，脱骨的肘子啊，牛蹄筋啊，肉皮冻啊，都是又下酒又下饭的好凉菜。尤其这老火腿，特别干松，没有水汽，切开了拿油酥烧饼一夹，吃去吧，活活美死。

天津另外一个有名的酱货牌子，就是天宝楼。天宝楼也是老字号了，1921 年就有了。一般来说，过去外地的朋友到了天津，经常得买点儿天宝楼的酱货，带回去给亲戚朋友送礼。他们这儿以前的招牌，那还是华世奎老先生写的。华世奎，那是天津著名的书法家，天津劝业场的匾就是华先生写的。过去天津有"四大写家"——"华孟严赵"，就是华世奎、孟广慧、严修、赵元礼，那个个都是大文人，写一个字就值好多钱。您就拿华世奎华老先生来说，早年润笔的价码，最低也得一百块大洋一个字。结果 1923 年，有那么一天，华先生正在中国大戏院听戏，听着听着，也不知怎么，突然特别想吃天宝楼的酱货，就打发人叫了个盒子。天宝楼的掌柜的一听说，谁？华先生要吃？兴奋哪，麻溜地亲自就给送来了。结果就在戏园子里头，华先生一吃这京酱肉，又嫩又烂，太美了，赞不绝口。掌柜的当着一园子的人，就赶紧说："华老，您觉得小号这酱货怎么样？"华先生说好啊。掌柜的说："得，那求您给小号题个字得了！"华先生一高兴，提笔就题了仨大字——"天宝楼"。瞅见没有，这就叫眼力见儿，省了至少三百大洋呢。

今天您要到了天津一看哪，天宝楼的店，也不比二厂的少。尤其过去天津人"咬春"——每年立春的时候吃春饼，那必定得弄点儿天宝楼的酱肉、玫瑰肠、松仁小肚、熏鸽子，另外再配上拿醋烹过的韭菜、香干还有豆芽，再搁上甜面酱、黄瓜丝、葱丝，拿春饼一卷，就着红皮水萝卜蘸酱，弄点儿荠菜、马兰头，踢里秃噜一吃，最后弄点儿棒渣粥，一溜缝儿，那真是太享受了。除了咬春呢，平常您也可以弄点儿天宝楼的酱货，可以当小菜，也可以当零食。比如天宝楼有一种小鸡肉肠子，不大，又短又细，口感好，外皮特别脆，当小零嘴特别好。

等到了北京呢，也讲究咬春，但是这春饼里的酱货，就得是北京的酱货了。北京酱货里最有名的字号，您都熟——天福号。"天福号的酱肘子"，那都不是个牌子那么简单了，基本上是一句北京口头语。天福号的历史特别久远，清朝乾隆三年（1738 年）就有了。咱们之前也没少说，咱们国家这民间美食啊，动不动就把朱元璋、乾隆皇上、慈禧太后这老三位搬出来，干吗？当幌子呗。不过呢，大部分这路说法，都是传说，或者是后人瞎编的。但这天福号可不是，那是正经清宫御赐过进宫腰牌的好吃食。

这天福号的名字是怎么来的呢？这里面还有个小故事。清朝乾隆三年（1738 年），山东有一个人叫刘凤翔——天福号的创始人，当时他在北京，碰上一个山西人，山西老客您都知道，那太会做生意了，一听说刘凤翔会做酱货，山西人就说了："那咱合伙儿做个买卖吧。"就在西单牌楼东边，弄了一个肉铺子，卖点儿肘子、碎肉、酱鸡什么的。东西倒是做得不错，可是这铺子一直没有字号。老刘文化程度又低，您让他给起个字号，这不是瞎掰吗？

结果可巧了，有一回老刘跑到永外市场，想买点儿旧货——过去那人都穷，买东西也尽量买二手的，结果就看见一旧货摊上有一块旧匾，上面写着仨大字——"天福号"。老刘问："这上面仨字写的什么啊？是什么意思啊？"人家跟他一说，老刘心说这不错啊，要没人要的话，给我得了。就买了这块旧牌匾，回来往店门口一挂。您还真别说，来往行人打这儿一过，嘿！这字号气派啊！他这生意马上更火了。

天福号这牌匾就等于是捡来的。他们这进宫腰牌呢，也有个来历。天福号后来传了好几代，传到老刘某个后人手里了，具体叫什么名，咱不知道，就管他叫小刘吧。有那么一回，小刘忙了一天，太累了，那儿还炖着肘子呢，他就睡了。等睡醒一觉，扒开俩眼再一瞧，好嘛，肘子早就过了火了。捞出来一看，有的都碎了。怎么办呢？本小利薄的，这要全不卖，那可就亏大了。小刘想了个主意，给肘子皮酱上点儿颜色，看着挺像那么回事儿，硬着头皮卖吧。

无巧不成书。第二天，刑部衙门有一个官上班去，打他这儿路过，买了他一个肘子。结果快到中午的时候，宫里出来俩太监，跑小刘这儿来了："你姓刘啊？今儿早上起来，刑部那位大臣买的那个酱肘子，你这儿还有吗？"小刘说："有啊。"太监就跟抢似的："拿来！"小刘包了俩肘子给太监，太监也不说话，撂下钱就走。太监这一走，小刘可犯嘀咕了，心说我这酱肘子都弄成那样了，这是给宫里谁吃去啊？这要哪位大人物吃了我这肘子，一口啐出来，那还了得？非得要了我这条命不可！心里七上八下，一直耗到晚上，小刘心说："不行，我这心里老不踏实，我呀，干脆也别等着雷下来了，我赶紧跑吧！"

小刘这儿正归置东西，打包袱要跑呢。大夜里的，宫里太监又来了，咣咣凿门。小刘心说完了，这大半夜的来敲门，那准是犯案了呗？结果打开屋门一瞧，太监笑不唧儿的："小刘掌柜，给您道喜！老佛爷吃了您酱的肘子啦，正夸您哪！说您做的这肘子，又酥又嫩，不塞牙，太好了。老佛爷懿旨，以后每天早上进贡一只肘子，送宫里去！腰牌我都给您拿来啦！"

天福号这酱肘子啊，确实好吃。好吃到什么程度呢？我过去在相声里说过，过去那死刑犯，临死之前要有一顿"倒头饭"。据说好多人临死的时候，就要求："我要吃一顿天福号酱肘子！"好嘛，死前不吃都死不瞑目，天福号这肘子到底好在哪儿呢？都到这个地步了！

他们这酱肘子做的，讲究"肥而不腻、瘦而不柴、皮不回性"，他这个制作工艺啊，现在是北京国家级的非物质文化遗产。具体哪儿好呢？首先说，选肘子，就选五斤左右的猪前肩肘，这个部位皮薄、肉嫩，油性好，肉丝也比较细。刮毛、剔骨之后下大锅焯，去掉血沫子之类的脏东西。然后，怎么做是关键。人家做这肘子，十个肘子先打底，然后上面第二层码成一圈，中间空出来这部分，行话叫"汤眼"。这个要是没有，煮的时候，这汤不往上流动，那还能好吃吗？有了汤眼，这汤在锅里，循环流动的速度特别快，汤汁就特别入味儿。煮的时候，先用旺火煮，再用文火炖，最后还得用微火焖，前后六个钟头。到最后，锅里这汤汁，要浇在肘子的表面，让这酱味儿更浓。

北京人要是吃春饼，单有一套讲究，把酱苤蓝切成细丝，加上生姜丝，这叫"十香菜"。吃春饼的时候，春饼卷上这十香菜，加上头茬儿青韭菜，再加上天福号酱肘子、五香小肚，那真是又鲜又香，浓而不腻，真是好吃啊。

北京还有一个著名的字号——月盛斋。月盛斋的这个烧羊肉、酱牛肉，那可太有名了。月盛斋这创始人，也是清朝乾隆时候的人，叫马庆瑞，从小给人当学徒，学了点儿做小食品的手艺。十七八岁的时候，经人介绍，进了当时的礼部，干吗呢？时不时进宫，给皇上家当临时工。小马办事儿勤快，嘴又甜，挺会来事儿，宫里这些太监啊，差役啊，都挺喜欢他。宫里嘛，您想，经常要搞一些祭祀活动，有的时候剩下点儿羊啊牛啊，宫里的人就顺手给小马一点儿："得，拿回去吃吧。"有一回，又有祭祀，这回小马走运，整整一只羊，宫里人一高兴，全给他了。小马千恩万谢，但是转过头来一琢磨：这一整只羊，我不会做呀。这要搁没心路①的人，不会做就不会做了呗，但是小马是有心人，不会我学呗。于是他就跟着宫里御膳房的师傅，学怎么做羊肉。功夫不亏人，时间一长，小马这手艺越学越精。

后来，小马干脆也不干礼部这差事了，凭着跟宫里人打下来的关系，用很低的价钱，从宫里人手里收购祭祀用的整羊，收回来以后，靠着从御膳房学来的手艺，就把羊肉做熟了，在前门摆摊卖。慢慢地，生意越做越火，酱羊肉啊，酱牛肉啊，都成了招牌了，后来他就起了个字号，叫月盛斋。

等到了马庆瑞的儿子马永祥、马永富这儿，他们跟太医院的太医关系特别好。太医们吃他们家祖传的酱羊肉，觉得好吃是好吃，但是不够完美，顺手就给他们家这羊肉开了个方子——有丁香、砂仁、桂皮、大

---

① 心眼，主意。

料等等。加上这些配料，再一做这牛羊肉，不但更香更好吃，而且还开胸理气，吃完了倍儿舒服。这一下，月盛斋的生意就更火爆了，最火的时候，达官贵人家提前预订，都不见得能订上。清朝有个人叫朱一新，写过一本书叫《京师坊巷志稿》，这里面说："户部门口羊肉肆，五香酱羊肉名天下。"

正宗的月盛斋酱羊肉，得选内蒙古产的一种特殊的羊，叫西口大白羊。羊肉要挑肥瘦相当的，太肥、太瘦都不行，宰羊的时候，选出脖子肉、前槽肉、前腿腱子肉，把这些部分都切成小块；后腿部分的"黄瓜条"、腰窝、三岔儿，就切大块。然后一锅里，必须既有大块，又有小块，这样能煮得透、烂，吃起来特别有咬头。具体到做的时候，要先调锅，先把水和黄酱煮开。然后下肉，按照不同的部位，哪块码在锅的什么位置，都不是胡码的，都有讲究，这叫"压锅"。都码好了、码齐了，这才"煮锅"，这一下，就是六个多小时，有的时候得八个多小时。

关火捞肉的时候，还得拿把大勺子，舀起原汤来，把肉上这调料渣滓冲掉，这叫"冲汤"。最后还得用油在肉表面"浇油"，这才算完成所有工序。

等到吃的时候，最解气的吃法，就是拿张烙饼——这可就不是吃春饼那种薄饼了，是那种瓷瓷实实的家常烙饼，把五香酱羊肉、酱牛肉或者羊头肉，往烙饼里一卷，弄得跟大炮似的，裹严了大口大口吃，肉香都往外顶，那是真解气。要想吃得美呢，把酱羊肉搁到油锅里，再煎炸一遍，那甭管是吃饭还是下酒，都能把人馋死。

不过呢，酱货这东西，有个特点，挺有争议的，那就是"留老汤"，学名叫"留宿汁"。什么意思呢？就是每次炖肉以后，留一点儿肉汤，不倒，下次再做肉的时候，兑到新汤里，这样反复使用。好多东西都留老汤，比如说著名的德州扒鸡，那要没有老汤，简直就不能叫德州扒鸡。有的人就说了："老汤不好！那里面亚硝酸盐太高啦！"其实啊，这个东西吧，难免会有。您说亚硝酸盐高好不好？当然不好。但是没有老汤这做法，做出那酱牛肉、酱羊肉、酱肘子都淡不拉唧的，您还吃吗？所以说，控制好量，符合卫生标准，这就行了，太较真了也不好。

得啦，今天就写到这儿吧。其实咱中国大了，好的酱货还有好多，像天津的"恩发德"酱牛肉、呼和浩特的"万胜永"酱牛肉，还有南京的酱鸭、酱排骨，好吃的东西太多了。咱不可能都说到，以后有机会接着说！

二十二

那些年我们
吃过的凉粉

好嘛，吃凉粉发现国宝，您说吃凉粉是不是有好处？

眼瞅着到秋天了，但是天还是挺热的，不光热还闷呢。北方人都知道，每年都有这么几回，这叫桑拿天，下面蒸着，上面烤着，就跟在微波炉里似的。南方就更甭说了，下的那个雨都是热的，天又潮，洗个衣裳都晾不干，难受。天一热，人就没什么胃口，也吃不下东西，连带着精神头也不好，成天觉着身上不得劲，再一看桌子上炒的那菜，炖的那肉，油油腻腻的，咽不下去。有人说了："这天啊，最好就是吃点儿凉的，凉面啊，凉皮啊，凉粉啊，加上调料咔咔一拌，踢里秃噜一吃，凉丝丝，又清凉又解热，从里到外透着痛快，人这胃口呢，也跟着就打开了。"

在这些个凉东西里边，最有代表性的就是凉粉。凉粉这个东西南北方好像还不太一样，北方一说凉粉就说是用白薯、绿豆里头的淀粉当主料，做的这么一种凉食。您看这个绿豆凉粉，把绿豆洗干净，磨成豆浆，搁在一口大缸里让它沉淀。沉这么一天一宿，这个绿豆的淀粉就沉淀到下边来了，上边有一层水，把表面的这层水撇了，剩下底下这毛粉，再加上一遍清浆，一通搅和之后，还搁这缸里边沉着。反复地沉，到最后就出了淀粉坨了。拿这坨淀粉坨，搁上温水，加一点儿明矾或天然的蓬灰，最后一冷却，凉粉就做出来了。有人说："做这个还得加明矾吗？"对，但这是过去，过去往凉粉里边加明矾，主要的作用是让凉粉收敛好成形。不过明矾它不健康啊，您甭说凉粉，现在炸油条都不让加明矾。所以，今天再做凉粉，好像明矾这类东西不让加了，有专门的添加剂，说那个效果好，吃着还健康。

到了南方，凉粉这个概念有点儿变化。南方好多地方一说凉粉，就说是拿一种叫"凉粉草"（又叫"仙人草""仙草"）的草，把这种草晒干了以后熬汁，然后配上米浆一熬，冷却出来，最后再加上蜂蜜、糖水这些个东西。当然了，现在新东西越来越多，"凉粉"这个概念也越来越大。比如现在有一种东西叫冰粉，号称也是一种凉粉，好多小姑娘爱吃，这东西拿什么做的呢？有个东西叫假酸浆，是用这个东西做的。说来说去，所有凉粉类的东西的制作方法都差不多，基本都是先浸泡，然后熬，要不就是煮，最后加上凝固剂这么一凝固，一冷却，这就成了。

那问题来了，最早发明这东西的人是谁？怎么想起来发明这个？关于这个事儿说法很多，您比如说广东这边有个说法，说清朝咸丰年间，在广州西关有这么个卖凉茶的。凉茶这个东西您都知道，本身里面有很多的药材，像什么金银花、葛根之类的，天热的时候喝上一杯凉茶，清热解暑，对身体好。但是早年间的凉茶药味儿比较大，不怎么好喝，大人喝着还行，小孩儿不成，一闻有药味儿，孩子不喝了。卖凉茶的就想我们怎么把小孩儿的生意也做了呢？要不说人家做生意的脑子快，他就拿凉粉草和用葛根磨出来的葛粉调在一块儿，一煮，再冷冻成膏，吃的时候拌上糖胶，并且取名为凉粉膏。打那儿起就有了凉粉这东西。

但是这一听您也就知道，这故事说的是南方凉粉。北方的凉粉据说是四川人发明的。传说在清末，四川南充的一个农民姓谢，卖一种"担担凉粉"，特别好吃。后来有人把这技术学过去了，在这基础上改良，改成用豌豆粉做凉粉，结果味道更棒，于是这种凉粉便名扬川北一带，"川北凉粉"的名声也逐渐传播了出去。但这些个说法都是民间传说，可信度不高。其实中国人做凉粉那年头比这些故事说得可早多了，《齐民要术》里边就记载过怎么做凉粉。您算吧，《齐民要术》那是什么时候的书？那是北魏时候的呀。这本书里记载了一种东西，叫"豚皮饼"，"豚"就是"猪"的意思，豚皮饼就是说有一种饼长得跟猪皮似的。这玩意儿怎么做呢？拿米磨成粉，兑上开水，然后搅和成稀粥一样的浆，拿小勺把这个浆都舀到一个盘子里，然后一加热，一转这盘子，这浆就成一饼了，冷却以后就是所谓豚皮饼。您要是有生活经验，一听就知道，这就和今天的河粉特别像。《齐民要术》里面这东西也就是凉粉这一类东西最早的雏形。

等到了宋朝，《东京梦华录》里就有"凉粉"这个词了。所以凉粉这个东西的发明时间比咱们好多人想象的要早得多。今天好多人说凉粉这东西又没营养，又没蛋白质，又没维生素，基本上都是淀粉。这个东西怎么说呢？您吃它要什么意义呀，好吃，吃得爽，吃得痛快，能开胃就得了。凉粉能好吃到什么程度呢？不光是老百姓爱吃，连皇上都爱吃，传说清朝同治皇上就爱吃凉粉。同治皇上很幸运，清朝前面那些个皇上，雍正、乾隆、道光，兄弟太多，为了争夺皇位，哥们儿兄弟之间是打得你死我活啊。同治皇上不用，他爸爸咸丰就他这么一个儿子，皇位不给他您说给谁？同治继位的时候才六岁，他这俩妈慈禧、慈安垂帘听政，到后来慈禧又不愿意放权，来来回回，拖到同治十二年（1873 年），同治皇上都十八了，才让他亲政。

　　亲政，皇上也没什么正事，上任的头一道圣旨，既不是搞经济也不是改革，头一样——重修圆明园。您就知道这人他没溜儿①，圆明园当年花多少钱修的呢？同治不管，皇上嘛，家里压根儿就没有账。户部一算，好家伙，第一期的工程就得花白银一千万两。慈禧太后一瞧："得了，你呀，不灵，你还是上旁边坐着去吧。"所以，这皇上没怎么干事儿就开始长期待业，这么大皇上成天没事儿干，闲得五脊六兽的，干吗呢？得了，微服私访，装扮成普通人，满北京瞎串，这儿也玩儿那儿也玩儿。那不是有传说嘛，同治皇上逛来逛去，逛了前门八大胡同，染了一身的脏病，二十岁就死了。据传说，同治皇上逛到前门，瞧见一卖凉粉的，这么大的皇上没见过凉粉，心说："这是什么呀？这么丝滑，这么有弹性，太好玩儿了，朕尝尝吧。"一吃，味道真棒！大夏天的呀，凉粉，凉凉快快，解暑，倒点儿醋，拌点儿黄瓜丝，冰凉冰凉的，嘀！好吃！皇上吃完，一摸身上没带钱，反正只要故事里面皇上出门就没有带钱的。没钱怎

---

① 形容人说话办事儿不正经。

办呢？皇上挺讲理，跟卖凉粉的说："哥们儿，今儿出来得早，没带钱，我给你写个条，你上我们家银库里取钱去吧。"写个条就给这卖凉粉的，扭头就走。卖凉粉的傻了，接过条一瞧，也不认识啊，旁边有认字的，就问人家："大哥您给看看吧。"一瞧啊，上面这么写的："广储司，见字即付现银五百两。"认字的吓坏了："好家伙呀，你知道吃你凉粉的这个人是谁吗？""谁呀？""当今皇上啊。"卖凉粉的吓坏了："我的天哪，我哪儿知道是皇上啊，这钱谁敢要去啊。"那位说："别介啊，皇上写条了，那就是圣旨啊，你不去这是抗旨不遵。"卖凉粉的就去了，哆哆嗦嗦，颤颤巍巍，到了广储司。广储司是内务府的一个部门，就是皇上家的出纳。广储司一看，这个真是皇上的御笔，怎么办呢？问问太后吧。一问慈禧太后，太后说拿条来吧，一瞧这条，心说："哎哟，傻小子，这凉粉就是金子做的也不值五百两啊。"可是皇家的体面不能丢了呀，给他。打这儿起，慈禧更不让同治管事儿了，上下一把抓，成了清朝的实际统治者。当然，这都是故事，您不能往心里去。但是凉粉好吃那是肯定的，而且各地还都有各地好吃的凉粉。

您看青岛就有这么一种凉粉，叫"海菜凉粉"，味道就不错。咱平时吃的凉粉，那都是用绿豆或者豌豆做的，要不就是用红薯做的。它这不是，海菜凉粉的主料是海里的海藻之类的东西，比如石花菜、鹿角菜这种。做的时候，把这个石花菜（也叫牛毛菜）反复地暴晒，然后加上水一块儿熬，最后呢，也是跟做一般凉粉差不多，过滤，冷却，做好之后切出块来，用蒜泥、香菜末、香油、醋，调这么一碗汁，往凉粉上一浇，再撒点儿黄瓜丝，又香又开胃，带着点儿海味儿，好吃！

提起凉粉来，有几个地方不能不提。头一个是陕西，吃凉粉，陕西人太有发言权了。大街上经常能看见卖凉粉的车，带个玻璃罩子，案板上放着一大块凉粉，一看就是拿盆做的，整个扣在案板上。这东西有个特别的名字，叫"挠挠凉粉"。卖凉粉的有一个特殊的工具，陕西人叫"挠挠"，这东西有点儿像咱们家里那个漏勺，不过是平的，上面有眼。您买这个凉粉，他不给您切，他拿这个挠挠打这个凉粉块上往下刮，噌一下就刮下好多凉粉来，装在一个碗里边，浇上作料。还有的卖凉粉的他不平着刮，他绕着圈刮，就跟耍杂技似的，手法快，就看得出来，这凉粉做得有多好，多有弹性。这个凉粉吃在嘴里面，那什么感觉？跟您说，牙都甭动，稍微地嚼这么几下，就这一碗凉粉，"忒儿喽忒儿喽"就下去了，那真是入口就化。

西安还有一种凉粉，叫"卤汁凉粉"，也好吃。卤汁凉粉嘛，顾名思义，吃这个得浇卤汁。吃的时候，自己先掰馍，跟吃羊肉泡馍似的，掰好这个馍，往这个碗底下一铺，就看人家师傅拿过一大块凉粉来，跟一块砖似的，抄起刀来咣叽咣叽一切，把这凉粉切成一条一条的凉粉条，往您掰的那个馍上一码，然后拿勺舀起这个卤汁来往碗里一浇。除了卤汁，再加点儿什么蒜泥啊，麻酱啊，芥末啊，再来点儿油泼辣子，还得再切开俩蛋，一个是白煮蛋，一个是松花蛋，一黑一白，往这个碗里一码。这个凉粉吃起来就热闹了，一会儿凉一会儿热，口感奇特，您各位要是有机会的话应该去尝一尝。

等到了山西，凉粉又有新花样了。比如说到了吕梁一带，有一种特别的凉粉，叫"碗托"，也有叫"碗秃""碗坨"的，反正大概是这么一个发音吧。这东西是谁发明的呢？要说起来，发明这个东西的人那叫一个厉害。咱们之前曾提到十六国的时候有个著名的军阀叫石勒，传说这个碗托的发明就跟石勒有关。石勒这个人很厉害，如果没记错，他应该是中国历史上唯一一个从奴隶变成皇上的人，这可太厉害了。西晋末年，天下大乱，石勒爷起兵了，您想那个年代什么最缺啊？最缺的就是吃的。石勒有一回带兵出去打仗，就遇上吃饭的问题了。一开始还给大兵们吃点儿好的，到后来找着什么吃什么，弄来点儿荞麦大伙儿就吃这个，又过几天，干的也别吃了，咱们熬粥吧，熬这个荞麦粥喝。有一回，几个兵没赶上饭点，回来一看，熬的这荞麦粥都凉了，在这粥锅里头结成块了，那也吃吧，捞出来一吃，哎！您别说，另一个味儿，这味儿比喝粥强。就这么着，留下一个用荞麦做的凉粉，拿这个老醋、蒜泥一拌，又筋道又软和，特别耐嚼，特别可口。您现在上山西旅游去，到平遥、柳林一带，到处都有碗托，味道很不错！

另外，凉粉也不是光凉拌着吃，还有好多别的吃法。比如到了河南开封，有一种炒凉粉。凉粉切块，往大锅里面一放，搁点儿油，把这凉粉炒透，然后在锅里放好多的调料，什么豆酱啊，葱啊，蒜啊，酱油啊，盐啊，再盖上锅盖焖它一会儿，到最后凉粉的底层都出焦皮了，就可以出锅了。来一碗这个炒凉粉，加热了啊，更入味儿，味道是又鲜又浓，特别软嫩，还有一股子焦香，这是个技术活儿，一般的人还真来不了，算得上是开封的一绝。

还有一个地方挺绝，连炒都不炒了，用油"煎"。有人说："凉粉这个玩意儿软塌塌的，还能用油煎吗？"您看您还别不服，到了安徽的阜阳就有这种油煎的凉粉。把这凉粉切成片，往平底锅里一放，拿这个小火慢慢地煎这个凉粉，到最后凉粉被煎得两面金黄。还可以往里边打一个鸡蛋，跟凉粉一块儿煎，煎的时候里面放点儿葱、姜、蒜末，出锅以后一看，热气腾腾，要是不跟您说，您也想不到这是凉粉。人家当地人说了，这叫"凉粉热吃"。我有印象，刚才说的开封的那种炒凉粉，我在河北邯郸吃过，拿一个砂锅盛上来的。当时我没上街上吃去，酒店里边的人给端来的。人家开始问想吃什么，我说："就吃点儿简单的，你们吃什么我吃什么，你们千万可别给我吃什么山珍海味，炒七个炒八个的，我也不爱吃，咱也浪费。"后来他们给我弄的这种凉粉，还有炸的"布袋"。

"布袋"在天津叫"鸡蛋馃子"，就是比油饼大一点儿，里边有一个鸡蛋。还端上这么一个砂锅来，这个砂锅里边就是焖烧的这种凉粉块，因为我之前去过开封，到开封那儿逛过夜市，我一吃觉得这两者的风味儿很相似，挺不错。我说："得亏你们买这个了，买别的我还真不爱吃。"因为我是天津人，天津人有一天是必须要吃凉粉的，就是每年的"二月二"这一天。每年二月二龙抬头，天津人家里要烙大饼，炒鸡蛋，而且要煎焖子。焖子就是咱们说的这个凉粉，拿绿豆粉做的，弄一大块把它啪啪啪一切，切成小方块，然后下油锅煎它，煎成几面都有这焦皮了，趁热盛到盘子里，撒上蒜末，放上澥①好的芝麻酱，完事儿一拌。天津人一到这日子口，家家这么吃，每个人都是，拿大饼把鸡蛋一卷，然后跟

---

① 加水使糊状物或胶状物变稀。

前弄一碗这个焖子，踢里秃噜这么扒着吃，嗬！无上的美味！平时也想不起来吃，一到这个二月二，家家吃。

得啦，今儿就写到这儿吧。其实我们国家吃凉粉的方法太多了，广东人拿凉粉做糖水，川北地区的人拿锅盔夹着吃，贵州人吃凉粉还得调这蘸水，方法很多，挺有意思。据说有一回，咱们这大玩家王世襄先生在外边吃凉粉，发现盛凉粉的盘子竟是明朝宣德年间的青花大盘！好嘛，吃凉粉发现国宝，您说吃凉粉是不是有好处？